KB193770

나의 아름다운 성에 초대된
자그마한 파괴자

양희조 지음

기꺼이 엄마가 되고도
온전히 내가 되어가는 여정

jujube books

2부

3부

4부

말해지지 않는 이야기가 말해질 때,
웅크린 말들이 기지개를 켤 때.

생명은 고귀하다. 이에 반기를 드는 이는 몇 없을 것이다. 그래서
인가. 우리는 생명을 품는 과정인 임신, 이를 키워내는 육아의 어
두운 면은 잘 말하지 않는다. 엄마만이 경험할 수 있는 신비와
축복에 대해서는 찬양하지만, 신체의 괴로운 변화와 시시때때로
요동치는 마음에 대해, 상실과 고통에 대해서는 말하기를 꺼린
다. 아름답고 좋은 것들만 보라 말하며 우리 삶의 반쪽만 바라보
기를 강요한다. 그러나 고귀한 일에는 언제나 고통이 따르기 마
련이다. 고통을 말한다고 고귀하지 않은 일이 되는 것은 아니다.
　이 책의 저자는 고귀한 생명인 아이를 파괴자라고 명명하며
처절하게 고통에 대하여 말한다. 그와 동시에 임신과 육아의 어
두운 이야기를 빛 가운데로 꺼낸다. 환한 빛 속에서 우리는 비
로소 임신과 육아를 제대로 바라볼 수 있다. 반쪽이 아닌 온전
한 모습을. 말해지지 않는 이야기가 말해질 때, 웅크린 말들이
기지개를 켤 때, 세상은 한 뼘 나아간다.
　엄마라는 존재는 아주 오래전부터 희생의 아이콘으로 여겨져
왔다. 그리하여 엄마라는 존재가 자신의 욕구를 존중하거나 사랑

할 때, '희생하지 않음. 사랑하지 않음.' 이라는 멍에를 씌워 왔다. 그런데 자신 삶의 욕구를 존중하지 않는 엄마가 어떻게 아이의 삶의 욕구를 존중할 수 있을까. 자신을 사랑하지 않는 부모가 어떻게 아이를 진정 사랑할 수 있을까. 이 책은 엄마의 삶이 온전히 존재할 때, 희생과 헌신도 온전해질 수 있음을 분명히 보여준다. 엄마와 아이의 고귀한 삶은 or이 아닌 and의 영역이기 때문이다. 엄마가 되기로 결심한 이들에게, 혹은 이미 엄마가 되어버린 우리에게 진정 필요한 것은 육아용품 준비가 아닌 이러한 태도 아닐까. 엄마가 되는 모든 이들의 손에 이 책을 꼭 쥐여주고 싶다.

저자의 오랜 벗이자, 동료 상담사인 나는 이 책을 읽는 동안 함께 울고 웃었다. 엄마가 되기까지의 아름답고 고통스러운 시간을 아주 가까이서 지켜봤기 때문이다. 그래서인가. 일종의 자서전을 보는 것 같기도, 성장 일기를 보는 것 같기도 했으며, 상실과 애도, 역경 후 성장에 대한 심리서적을 읽는 것 같기도 했다. 고통 없는 삶을 선택하기보다, 고통과 함께 더 큰 사랑을 기꺼이 선택한 나의 벗. 상실이 사랑으로 변해가는 과정을 이보다 잘 녹여낸 책이 있을까. 내 인생 조졌다고 말하는 그녀는 후반부에 들어 계속해서 외치고 있다. "사랑! 더 큰 사랑! 사랑을 위한 사랑!" 이제 그녀의 고백에 기대어, 나도 용기 내어 엄마가 될 수 있을 것 같다. 나의 아름다운 성에 자그마한 파괴자를 초대하며 기꺼이 환대하고 싶다.

김아라

'마음과사람' 소장 / 『과거가 남긴 우울 미래가 보낸 불안』 저자

나의 아름다운 성에 초대된
자그마한 파괴자

나에게 맞춘 조명과 나를 이완시키는 향, 내가 선택한 음악이 나를 맞이하는 공간. 모든 것이 항시 제자리에 놓여 있어 모양 새가 정갈하고 마음이 차분해지는 공간. 주인으로서 내가 성벽의 다리를 내려주어야만 허가 받은 이들이 들어올 수 있고, 허락 없이는 그 누구도 흔적을 남길 수 없는 공간. 숨을 깊이 들이마시고 가뿐히 내쉬게 되는 공간. 나만의 고요하고도 아름다운 성. 나는 이곳에서 평생토록 머물고 싶었다.

좁은 평수의 집이었지만 혼자 살던 기간은 그래서 더없이 행복했다. 침실의 기운을 포근하게 만들어주는 음악을 들으며 잠들었다가 좋아하는 영화 포스터를 보며 눈뜨고, 비가 오면 늘어진 채 유자차를 마셨다. 이따금 음식을 차려두고 지인들을 초대해 즐거운 시간을 보낸 뒤면 깨끗하게 자리를 치워 다음 날을 준비했다. 정말로 평생을 이렇게 살고 싶었다.

그랬기에, 임신과 양육은 나에게 좀 너무한 영역이었다. 아이는 나의 뱃속에서부터 만들어지고 주변과 함께 성장한다. 애초에 나만의 성이라는 개념이 성립할 수 없다. 성벽을 부수고 이 공간에 함께하고자 하는 모든 이의 발걸음을 환대해야 한다. 이를테면 울타리 없는 놀이터처럼 늘 꽉 차 있고 와자지껄한 공간. 본능적으로 내게 손해로 여겨졌다. 지금이 이토록 만족스러운데 대체 왜 내가 변화를 선택해야 한단 말인가.

한편으로는 이렇게 안락하고 제한된 영역 안에서 영영 성장하지 못하는 것 아닐까 두려웠다. 좋은 상담자로서 살아가기를 바란다면서 안전한 삶을 선택하는 건 모순 같았다. 자신을 좁히는 선택을 하는 사람은 결국 한계에 다다르게 될 텐데 온전한 삶을 살지 못하면 어쩌나, 불안했다. 그러던 중 지인으로부터 "저는 언니가 아이를 낳지 않는 선택을 한 상담자가 된다면, 그 역시 반가울 것 같아요"라는 말을 들었다. 좋은 상담자가 되겠다며 무턱대고 아이를 낳겠다 결심하는 것도 어떤 불안으로부터 도망치는 선택이었다. 그렇게 되고자 하는 상담자 상과 아이 문제는 자연스럽게 분리되었다.

결혼을 준비하며 나는 반려인에게 아이를 원하지 않는다고 말했었다. 알겠다 답한 그는 알고 보니 반대 의견을 말했다간 자칫 결혼 자체를 못 할 수도 있겠다 싶었다고 한다. 시간이 흐르고 주변에 아이 낳는 사람이 늘어나면 바뀌지 않을까 했다고. 결혼한 뒤 끊임없이 고민했고 치열하게 반려인과 대화했으나, 시간이 지날수록 각자의 원위치만 더 강하게 고집했다. 잘 지내다가도 아이와 관련된 이야기가 나오면 서로 기분이 상하고 냉전이 지속됐다. 나는 나로 만족하지 못하는 반려인이 원망스러웠고, 반려인은 두 사람이 더 행복해질 수 있는 가능성에 투자하지 않는 나를 원망했다.

그런 내가 '아이'라는 가능성을 적극적으로 품에 껴안기 시작한 건, 결국 더 만족스러운 삶을 살기 위해서였다. 그날도 여느 날과 마찬가지로 서로 의견 차이를 조율하지 못한 채 잠에 들었는데, 내 옆에 꼭 상처 입고 피 흘리는 짐승이 누워 있는 것만 같았다. 아무 소리도 나지 않는 밤이었지만 내 귀에는 고통으로 씩씩거리는 소리가 들렸다. 이렇게까지 아이를 원하는 사람이었구나. 마침내 이 사람이 마음을 접게 된다 하더라도 나는 평생 이 사람의 구멍을 지켜보는 고통을 짊어지게 되겠구나. 현재 값을 유지하는 건 더 이상 충만함과 만족감을 주지 못했다. 이제는 내가 행복하려면 반려인도 행복해야만 했다.

그날 밤 마음을 바꾸어 나는 나의 작은 성을 조금씩 허물기 시작했다. 전면적으로 놀이터로 탈바꿈했다가는 길을 잃을 것 같아 단번에 허물지는 못했다. 벽돌 하나하나를 내려놓을 때마다 이게 나의 정체성을 유지하는 데 필수적인 것인지, 대체할 만한 다른 대안이 있는지, 지금은 빼더라도 이후에 다시 되찾을 수 있을지 고민하느라 마음이 바빴다. 벽돌이 빠진 자리를 무언가로 그럭저럭 메웠고, 그러면서 내 삶의 우선순위가 탄력적으로 변화해갔다. 그렇게 내 삶에 아이가 등장했다.

아이를 키우기 시작하자 나는 지속적으로 모순된 감정에 노출되었다. 감정의 폭은 매우 크고 불규칙해서 한없이 출렁거리는 파동 같았고 매일매일 예측도 안 됐다. 그 파동은 나를 밀가루 반죽 다루듯 치댔고 대응할 만한 아무런 방패가 없어 무방비한 상태로 견뎠다. 한없이 황홀했다가 더없이 공허했다. 아이의 눈에서 우주의 별빛을 발견하다가도 잠시 후에는 혼자서 우주에 둥둥 떠 있는 것만 같았다. 힘들다면서도 아이가 잠들고 나면 아이의 사진과 영상을 반복해서 돌려봤고, 아이가 무척이나 사랑스럽다면서도 다가올 내일에 대한 불평불만을 쏟아냈다.

주변에서는 위로와 염려를 표하며 아이가 생겼으니 좋은 생각만 하고 긍정적으로 느끼라고 했다. 한동안은 왠지 그래야만 할 것 같기도 했다. 그러나 그렇게 해보겠다고 작정할수록 내 속에 부유하는 감정들이 생겼고 소화하지 못한 그 감정들이 나를 미세하게 조각냈다. 세상에는 그런 종류의 말이 있다. 곱고 예쁘고 아름다운 것만 보라, 네 안에 존재하는 누추하고 솔직한 부분은 창피하니 가리고 부정하라, 부추기는 목소리들. 거부감이 들었다. 그 목소리에 속았다간 내 자신이 분열되고 말 것이 분명해지자 과감히 거짓을 골라내기 시작했다.

그제서야 이질적으로만 보이던 두 색채가, 내 안의 고운 것과 누추한 것이 부드럽게 이뤄낸 조화가 얼마나 아름다운지 보이기 시작했다. 인생의 묘미는 그 조화를 얼마나 잘 즐기는가에 있지 않겠느냐는 생각과 함께 말이다. 단풍잎도 샛노랗고 새빨간 잎보다는 붉은 빛과 푸른 빛이 적당히 섞인 잎에서 더 오묘한 맛이 나지 않는가. 나는 두 색채 중 빛나는 것만 보도록 하는 유혹을 거부하기로 했다. 색이 어둡다면 그 어두움까지 마음껏 느끼고자 최선을 다하기로 했다. 한데 최선을 다하자고 결심한 밤이면 그 어둠이 나를 찾아와 정말이냐고, 이렇게 어두운데도 괜찮겠느냐며 내 마음을 뒤흔들었다. 때로는 아무 색도 느끼고 싶지 않았고 그럴 때마다 이게 최선이 맞는지 의심했다.

그럼에도 나 자신과 아이를 위하여 내가 선택한 최선의 사랑의 태도는, 긍정적이고 부정적인 감정을 하나도 놓치지 않고 탐닉하듯 맛보는 것이었다. 시간이 흘러 내 생애를 돌아볼 때 방치되어도 좋을 감정은 하나도 없을 것이므로. 내가 지닌 감정의 파편들이 전부 있어야 가장 조화로운 에너지를 획득할 수 있고, 그 에너지로만 내가 지닌 가장 좋은 것을 아이에게 전해줄 수 있다. 이 믿음을 잊지 않도록 계속해서 되새겼다.

이 이야기는 나의 아름다운 성을 그리워하는 상실의 기록이면서, 자그마한 파괴자와 공존하려 애써온 성취의 기록이다. 나는 여전히 옛 성을 그리워하면서도 현재 내 삶에서 생생하게 꼬물거리는 이 파괴자를 두 팔 벌려 환영한다. 나이가 한참 들고 난 뒤 내 성을 돌아본다면, 성벽을 낮추고 누군가의 흔적을 가득 채우기 위해 개조한 그 형태가 더 마음에 들 것이 분명하다. 그 미래가 현재가 될 수 있도록 나는 오늘도 잘 살아내는 중이다.

선명한 겨울날, 양희조

1부

딩크족이세요?

결혼하고 만 5년이 지나서야 아기가 생긴 나는 그 사이에 '딩크 족'으로 불렸다. 나 스스로를 딩크족이라고 설명한 적은 한 번도 없다. 다만 "저희는 아이 계획이 없어요"라고 말했을 뿐이다. 그렇게 말하고 나면 "어머, 그럼 딩크족이세요?"라는 질문이 꼭 따라붙었다.

딩크족이 '맞벌이 부부로 자녀를 원치 않는 가정'이라는 점에서 그 정의상 내 의도와 크게 어긋난 것은 없다. 그럼에도 이 단어는 이상하게도 항상 나와 어긋난다. 추가로 대답을 해야 한다는 데서 오는 피로감도 있었는지 모르겠다. 뜻 자체는 나의 정체성에 맞더라도 저 단어가 꼬리표처럼 나에게 붙어 있다는 사실이 덜그럭거린다. 마치 오렌지족이라도 된 기분이다.

'맞벌이 부부로 자녀를 원하는 가정'을 가리키는 단어는 없다. 그들을 위한 별도의 지칭은 필요 없는 것이다. 내게 '딩크족'은 마치 '정상성의 범위에서 벗어나 있는 너희를 콕 찍어 ○○족이라고 부를 거야'라는 선별적인 도장 같다. '둘 다 돈을 벌면서 Double Income 자녀를 두지 않겠다 No Kids'는 뜻을 가진 이름이

돈도 버는 두 성인이 아이를 낳는 성숙한 결정은 하지 않고 편한 삶을 살 거냐며 꾸짖는 듯해 억울하기도 하다.

나에게 딩크족이라는 단어는 내 치열한 고민의 무게에 비해 너무 가볍다. 당시 나는 그 누구보다 진중하게 고민하여 무자녀 가족이라는 결론에 도달했다. 물론 가족 계획이 모두에게 치열할 필요는 없다. 내가 그럴 수밖에 없었던 이유는 반려인과 의견을 조율하는 과정이 길었기 때문이다. 각 가정의 가족 계획은 주체인 당사자가 책임지고 자유롭게 선택할 일이고, 그 결론이 무엇이건 타인들은 그저 존중하면 된다. 그저 존중만 하면 되는데 그게 생각보다 어려운 일인 듯하다.

나는 당신이 '딩크족인지 아닌지'는 별로 궁금하지 않다. 그보다는 결정을 내리기까지 누구와 상의하면서 얼마나 숙고했는지가 더 궁금하다. 특별한 계기를 통해서든 자연스러운 흐름에 의해서든, 마음을 정한 순간 스스로 혹은 누군가에게 한 다짐이 있지 않은가? 내면에 새겨진 그 이유는 앞으로의 출렁이는 생에서 당신을 지켜줄 것이다. 그러므로 나는 그 장면에 대해서 더 말해달라고 하고 싶다.

또한 나는 당신이 딩크족인지 아닌지 여부보다 그 선택이 마음에 드는지가 더 궁금하다. 마음에 든다면 그 마음은 얼마나 확고한지, 그리고 그 확신은 어디에서 왔는지. 혹여나 흔들린다면 당신을 지지해주고 반대 의견을 솔직하게 말해줄 지인들이 있는지, 있다면 누가 떠오르는지. 그들과 마음을 터놓고 대화한다면 어떤 대답을 듣고 싶은지를 더 말해달라고 하고 싶다.

아이 계획은 여러 신체적 이유 때문에 의도한 대로 되지 않을 가능성도, 혹은 예기치 못한 요인들로 인해 또 다른 계획으로 흘러갈 가능성도 있다. 그러니 제발 그 놈의 ○○족, 그만 듣고 싶다.

저출생 시대의
문전성시 1

뉴스를 틀면 저출생 시대라면서 곧 대한민국이 망할 것처럼 떠들지만, 난임 전문 병원에 가면 정작 엉덩이 붙이고 앉을 자리도 모자라다. 진료를 보기까지 얼마나 대기해야 할지도 알 수 없고, 오전이든 오후든 공을 친다고 생각하고 가야 한다. 오전 반차만 내고 후다닥 병원에 들렀다가 회사로 복귀하려는 원대한 계획을 세웠다가 "죄송합니다"를 반복한 끝에 휴직할 수밖에 없던 지인들을 몇몇 보았다. 담당 의사가 갑작스레 응급 수술이라도 들어가면 그날 일정은 미궁에 빠지고 만다.

  생일선물로 무엇을 원하냐는 질문에 반려인은 "병원에 가자"고 말했다. 지인을 통해 유명하다는 병원도 알아왔다. 나는 단순하게 받아들여, 같이 병원만 다녀오면 된다고 생각했다. 병원에 전화하니 코로나19 상황이 좋지 않으니 예약 당일에는 보호자 없이 혼자 내방하라는 안내를 받았다. 등 떠밀리듯 병원에 같이 가주기만 하려던 내 소망과는 달리 병원 측의 임신의 주체는 오직 '나'뿐이었고 예약부터 나의 적극적인 의지와 행동이 필요했다.

병원 문이 열리자마자 진료를 받은 뒤 아름답게 사라질 계획으로 매우 이른 시간에 방문했다. 병원 입구에는 '아기' '출생' '희망'이라고 큼직하게 쓴 핑크색 포스터가 대문짝 만하게 걸려 있었다. 이렇게 이질적으로 느껴지는 단어로 도배된 곳을 내 발로 들어가다니. 오픈 시간을 분명 확인하고 왔음에도 불구하고 '오픈'이라는 단어가 무색하게 병원은 이미 만원이었다. 코로나로 거리에서 외국인들을 못 본 지 한참 되었는데 이 공간에는 그득했다. 진료실에 들어가기도 전부터 나는 넋이 나갔다.

한참을 대기한 뒤 의사를 만났고 일 년간 자연임신을 시도해도 아이가 생기지 않을 경우 바로 시술에 들어가도 좋다고 했다. 난임 전문 병원은 역시 초장부터 시술 얘기군. 나는 인공수정과 시험관 시술은 받지 않을 거라고 분명하게 밝혔다. 그러면 검사하여 몸 상태를 확인한 뒤 과배란을 유도하는 배란촉진제를 복용해보자고 했다. 약까지 먹을 생각은 아니었으나 여태 기다렸는데 빈 손으로 가자니 아쉬운 마음이 들었다. 어차피 또 안 올 거니까, 반려인에게 주는 생일선물이니까, 한 번은 먹어보자고 생각했다.

며칠간 약을 복용하고 다시 병원에 갔다. 역시나 한참 대기한 뒤 만난 의사는 내게 주사를 받아가라 했다. 난포를 터뜨리는 주사로, 냉장고에 보관했다가 내일 이 주사를 직접 놓으면 된다는 것이었다. 이 주사기를… 아, 제가요? 제 배…에, 아, 그렇군요. 그저 등 떠밀려 갔을 뿐인데 주사까지 내 손으로 놓아야 할 줄이야. 나는 아직 준비가 되어있지 않다는 점을 깨닫자 뒤늦게

서러움이 몰려왔다. 그날 저녁 반려인에게 내 감정을 설명하며 눈물이 난다고 했더니, 그 정도로 힘들면 주사를 놓지 말자고 했다. 몇 주 만에 겨우 받아온 이 주사를 버리라니, 내 노고를 생각하면 그럴 순 없었다. 냉장고에 보관된 주사를 반려인이 놔 주었고 아이는 생기지 않았다. 나는 다시는 병원에 가고 싶지 않다고 했다.

저출생 시대의
문전성시 2

난임 전문 병원만 붐비는 것이 아니다. 그렇다, 양약이 먹히지 않으면 한약이 있다. 아이가 잘 생기는 한약으로 용하다는 한의원을 반려인의 지인이 알려주었다. 병원 끝나니까 한의원이군. 괜한 희망을 품게 만든 이에 대한 언짢은 마음부터 올라왔다. 그런 정보는 상대 배우자의 동의까지 받은 후에 공유해주면 감사하겠다.

이미 반려인은 블로그 후기까지 살펴본 터였다. 그곳은 온라인 예약도 되지 않고 오픈 시간에 맞춰 전화 예약만 받는다. 당일에 할당된 소수 방문 접수를 위해 새벽부터 줄을 서는 사람들도 많다고 했다. 속으로 생각했다. 그래? 그만큼이나 유명하면 예약이 쉽지 않겠네. 내가 갈 수 있는 시간에 예약을 할 수 있다면 고려해보겠다고 대답했다. 내가 찾아본 후기에도 예약이 힘들다고 했으니까 안 될 줄로만 알았다. 그러나 내 예상과 다르게 반려인은 단번에 성공했다. 이렇게 실행력이 뛰어난 사람이었던가.

한의원에 가려고 지하철을 타면서도 너무나 가기가 싫었다.

하소연하는 마음으로 지인에게 연락했다. "한의원? 아, 그러고 보니 내 친구도 거기서 한약 먹고 아이가 생기긴 했어, 한약 값이 비싸던데." 또 다른 지인은 먼 지방까지 직접 내려가 아이가 생긴다는 한약을 지어 먹었다고 했다. 간절한 사람들이 많구나. 간곡하고도 자발적인 태도가 필요한 그 과제를 나는 배타적이고 수동적인 태도로 임하고 있었다. 이 간극은 점점 벌어지기만 했다.

입이 댓 발은 나온 채로 한의원에 도착해 문을 열고 들어갔다. 세월의 흔적을 고스란히 품은 오래된 공간이었다. 벽면에는 한자가 적힌 갈색 한약통들이 빼곡했고 건너편에서 한약 달이는 냄새가 났다. 예약 손님만 받아서 그런지 붐비지 않았고 한가롭게 돌아가는 선풍기만이 존재감을 드러냈다. 지난번 병원과는 분위기가 사뭇 달라 마음이 한결 차분해졌다.

진료실에는 연세가 많이 드신 할머니 한의사가 계셨다. 이곳에서는 동공을 통해 건강을 확인하기 때문에 의자에 앉은 채로 내 눈을 자세히 들여다보셨다. 왜 왔느냐 묻길래, 반려인의 성화가 심해서 왔다고 했다. 눈동자를 계속 응시하며 "에잉, 하나도 걱정하지 말라" 하셨다. 괜찮다고, 뭘 더 안 해도 된다고.

갑자기 눈물이 났다. 아이가 생기지 않아 곤란을 겪는 그 오랜 시간 동안 '뭘 더 안 해도 된다, 이대로 괜찮다'라는 말을 누군가에게 들은 건 처음이었다. 울지 말라고 하신 뒤, 귀가 약하니 음악을 크게 듣지 말고 찬 음식이나 찬 커피도 먹지 말라며 충고를 몇 가지 더 하셨고(지킨 것은 하나도 없지만) 원한다면 한약을 지어가라 했다.

　어렵게 지어온 약이었지만 그리 성실하다 할 수 없게 복용했다. 아이는 생기지 않았다. 병원이든 한의원이든, 더는 가고 싶지 않았다. 덧없는 시간만 계속 흘러갔다.

PRE-애도 기간의 종료

H와 와인을 마시다가 "아이를 가지면 '아이를 가지지 않는 삶'에 대한 애도가 필요하다"는 이야기를 들었다. 아이가 생기면 모든 사람들은 '아이'에 집중한다. 새로운 생명체의 등장을 다들 빛나는 눈으로 바라보며 어수룩한 몸짓 하나에도 경탄을 아끼지 않는다. 저울대의 추는 귀하고 소중한 존재를 얻었으니 오로지 기쁘고 감사해야 한다는 쪽으로 거침없이 기울기 시작한다. 그 기울어진 추가 아이를 품게 된 자에게는 부담으로 다가오나, 이를 거부하기란 쉽지 않다. 그저 기꺼운 마음으로 받아들여야만 할 것 같다.

그러나 큰 얻음은 그에 상응하는 큰 상실을 부과하기 마련이다. 당연히 나의 것이라 주장했던 것들을 점차 포기해야 하는, 사사롭거나 대단한 결심이 필요한 여러 상실들이 발생한다. 이로 인해 내면 세계에는 거대한 소음이 생기나 겉으로는 잘 부각되지 않는다. 본인에게만 들리는 거대한 소리. 그나마도 아이가 생겼다는 급진적인 변화에 대응하느라 그 소음에 주의를 기울일 겨를이 없다. 애초에 나는 그 소음과 상실을 내것으로 받아들이고 싶지 않았다.

 H의 말을 듣자 문득 나도 어쩌면 '아이를 가지지 않는 삶'을 애도하는 중일지도 모른다는 생각이 들었다. 그저 언젠가 다가올 삶으로 예상하기만 할 뿐 나에게는 아직 아이가 없지만 말이다. 아이를 갖겠다고 결심한 뒤부터 주변 사람들을 만나면 지금의 삶을 잃어버릴 내가 몹시도 가엽다면서 오랫동안 넋두리를 늘어놓았다. 앞으로 내가 감수해야 할 것들을 나열하며 아직 발생하지도 않은 상실을 애달파 해왔던 것이다. 그런데 이 넋두리가 묵은 쌀마냥 꽤나 오래되었다는 느낌에 머쓱함이 몰려왔다. 애도가 시작되기도 전에 겪는 'PRE-애도' 기간인가, 근데 좀 지나치게 길어지고 있네.

 그러자 '머쓱함'이 느껴졌다는 사실이 의미 있게 다가왔다. 자신이 어디에 있는지 잘 보이지 않는 시기가 있다. 어떤 감정이 버겁고 감당되지 않을수록 그렇다. 그럴 때는 가까운 사람들에게 원하는 만큼 하소연하는 게 도움이 되기도 한다. 말을 하는 과정에서 무엇이 버거운가를 알아차리고 나의 언어로 정리할 수 있다. 아무것도 남지 않을 때까지 그 감정을 털어내고 나면 새로운 기운이 돌고 그때가 되면 누가 뭐라고 하지 않아도 다음 단계로 넘어갈 수 있다. 내게 머쓱함이 느껴졌다는 건 이전의 버겁고 강렬한 감정이 제법 꺾였다는 의미였다.

 내 오랜 상담 선생님을 찾아가 PRE-애도 기간이 길어지고 있다고 말했다. 고민의 첫 시작부터 함께하던 선생님은 대수롭지 않게 말씀하셨다. "그러게, 진작 낳았으면 이제는 아이가 알아서 걸어다닐 텐데 말이야." 그리고 시간이 얼마 흐르지 않은 다음 상담에 가서는 "선생님, 저 임신했어요"라고 말씀드렸다. 주변의 성화에 못 이겨 약 먹고 주사 맞고 돈을 쏟아붓는 건 아무 짝에도 쓸모가 없더니, '이제 그만 징징거려도 되겠어, 할 만큼 했다'는 마음이 우러나자 마치 기다렸다는 듯 아이가 나타났다.

애도 기간을 미리, 그것도 오랫동안 겪어서일까. 그렇게 도망치고만 싶던 일이 벌어졌는데 요즘 내 작은 내적 세계는 생각보다 무척 평화롭다. 앞서 겪어낸 상실이 지금의 내가 누울 자리를 만들어놓았는지도 모르겠다. 한동안은 거센 물살을 대차게 거슬러올라가며 '절대로 떠내려가지 않겠어'라고 이를 앙다무느라 피로했다면, 이제는 '어디든 날 데려다놓겠지' 하며 물살을 믿고 그저 떠다니는 느낌이다. 나는 그저 이 물길을 따라 흘러가기만 하면 된다.

다만 뉴스를 보고 있자면, 내가 사는 동안 세계가 이렇게 평화롭지 않은 시기가 있었나 살피게 된다. 내가 자라던 시기에 이 나라 대통령은 노벨평화상을 받았는데 지금 우리와 그리 멀지 않은 나라에서는 전쟁이 벌어지고 있다. 아이가 태어날 세상은 대체 어떤 모양이려나, 더 위험해지는 건가, 이미 기후 변화로도 최악인데 더 최악으로 변하는 건가, 하는 두려운 생각이 스쳐지나간다. 아, 망했나. 아니야, 정신차려. 눈을 감고 고개를 흔든다. 아이들 세대는 지금 내가 상상할 수 있는 것보다 더 현명하고 슬기롭게 헤쳐나가리라 믿기로 한다. 이러한 믿음만이 나를 강하게 만들 수 있다.

아이의 태몽은 이제는 이모가 된 D가 말해줬다. 꿈에서 갑자기 자기 집에 온갖 동물들이 들이닥치는 바람에 기겁하고 다 쫓아냈는데, 의자 밑에 노란 뱀 하나가 똬리를 틀고 앉은 채 두려워하지도 않고 자리를 지키고 있더란다. 웬만해서는 기가 꺾이지 않는 노란 뱀이라니, 마음에 쏙 들었다. 이 아이는 노란 뱀의 강인함을 지니고 태어날 것이고 노란 뱀 아가의 세대는 내 세대보다 더 씩씩하고 굳셀 것이다. 다시 한번, 그렇게 믿기로 한다.

집앞 공원으로 나가니 노란 은행잎이 고요하게 길가를 물들여 노르스름한 빛깔의 비가 바람에 우수수 내린다. 가을에만 찾아오는 생의 황홀함이 주변을 휩쓸고 있다. 이 풍경을 바라보며 그간의 넋두리를 뒤로하고 새로운 소망을 품어본다. 노란 뱀 아가, 부디 너는 이 계절의 아름다움에 잘 머무르는 사람이 될 수 있길. 사랑을 택하는 사람들을 곁에 둘 수 있길.

태명에 담긴 우주적 소망

태명은 뭘로 정하면 좋을까? 앞으로 열 달을 부를 이름인데 엄마인 내가 부를 때마다 기분이 좋아지는 이름이면 좋지 않을까? 나마비루 생맥주라는 뜻의 일본어의 '나비', 화이트와인의 '화와'는 어떨까. 자그마치 일 년도 넘는 시간을 그리워하며 눈물 흘릴 이름들. 주변에서 아기 태명은 무엇인지, 어떤 뜻인지 물어볼 때마다 나비나 화와라고 대답하는 나를 상상하다가 좀 더 시간을 두고 다른 대안을 찾아보기로 했다.

　책장을 살피다가 『우리, 이토록 작은 존재들을 위하여』라는 책을 꺼냈다. 저자인 사샤 세이건은 모두들 알지만 아직은 읽지 못한 바로 그 책, 『코스모스』를 쓴 칼 세이건과 앤 드루얀의 딸이다. 이 책에서 그는 삶을 살아낸다는 것이 얼마나 아찔할 만큼 아름다운 일인가를 끊임없이 경탄하며 생의 찰나를 놓치지 않고 기념하는 방법을 알려준다. 꽃봉오리가 올라오는 봄날에는 식구들과 티파티를 열고 첫눈이 오는 날은 아이스크림을 먹으며 변화하는 계절을 온몸으로 흠뻑 맞아들인다. 소소한 의식을 치르면서 생을 허투루 흘려보내지 않고 풍요롭게 일구어가는 것이다. 이러한 노력을 통해 계절과 자연이 우리 마음에 간직되어 유한한 삶에 녹아든다. 이토록 성실한 사랑의 태도를 보았나.

> 부모님은 내가 살아 있음을 너무나 아름답고, 아찔할 정도로 신비롭고, 우연히 일어난 신성한 기적으로 느낄 수 있게 해주었다. 부모님은 우주는 막대하고 우리 인간은 궁벽한 곳에 있는 작은 행성에서 눈 한 번 깜박할 순간 동안을 살아가는 아주 작은 존재라고 했다. 또 두 분의 책에도 나오지만 "우리처럼 작은 존재가 이 광대함을 견디는 방법은 오직 사랑뿐이다"라는 말도 나에게 들려주었다.
>
> 나에게는 호기심 많고 활달한 예쁜 딸이 있는데 이 아이를 보면 종종 감탄하게 된다. 물론 아이는 아직 너무 어려서 나에게 자신의 철학 같은 것을 말해줄 수는 없다. 아이의 철학이 어떤 것이 될지 그게 어떤 계기로 생겨날지 나는 모른다. 아이가 자라면서 생각도 자랄 때 이 광대한 우주 안 우리의 작은 자리에서 가슴 떨리는 아름다움을 발견할 수 있게끔 생각의 틀을 만들어줄 수만 있다면 그것으로 충분할 것이다.
>
> 사샤 세이건, 『우리, 이토록 작은 존재들을 위하여』
> (홍한별 옮김, 문학동네, 2021)

단숨에 이 책은 내게 가장 소중한 책이 되었다. 우리 삶이 얼마나 경이롭고 아름다운가를 말하는 그에게 완전히 설득당했다. 이것이 얼마나 설득되기 힘든 일인가를 잘 생각해보라. 정신이 번쩍 들었다. 이 사람은 자기 부모로부터 "살아 있음이 아찔할 정도로 신비롭고 신성한 기적"임을 배웠으며, 자기 딸에게는 "광대한 우주 안에서 가슴 떨리는 아름다움을 발견할 수 있는 생각의 틀"을 물려주고 싶다고 했다. 지금 나비나 화와 타령을 할 때가 아니었다.

'나도, 나도!'라는 생각이 솟구쳤다. 나도 내 아이에게 바로 이런 걸 알려주고 싶다는 욕구가 마음을 휘감았다. 광막한 우주 속 우리는 너무나도 작고 찰나만을 살아가는 존재이지만, 그것과 별개로 이 삶을 살아간다는 것은 기적으로 가득한 일이다. 이 광대함을 견디는 유일한 방법은 서로가 서로에게 다정함을 보여주고 사랑하는 일뿐이라는 저자의 말이 깊이 와닿았다. 그는 삶을 살아가는 방식을 통해 이러한 신념을 딸에게 보여줬다. 나도 한 생명의 부모로서 그러한 태도를 장착하고 싶어졌다.

우리 각자가 어떤 순간을 봄의 변화가 응축된 것으로 느끼든 어둡고 추운 시기가 물러가고 빛, 온기, 아름다움, 풍요가 다가오는 것이 봄의 핵심이라는 점은 다를 바 없다. 모든 게 다 죽은 것처럼 느껴지다가, 어떻게든 다시 삶의 기회가 주어지는 것이다.

– 사샤 세이건, 『우리, 이토록 작은 존재들을 위하여』

책장을 덮을 즈음 나와 내 뱃속에 있는 아기, 지구별 생명체 모두를 향한 애정이 샘솟았다. 자연의 리듬과 계절의 순환 속에서 살아가는 우리 모든 존재가 귀하게만 여겨졌다. 그러자, 아기에게 삶의 이런 순수한 기쁨을 태도로서 보여줄 수 있는 사람이 되고 싶다는 소망이 생겨났다. 태명은 그러한 우주적 소망을 담아 '봄봄'으로 정했다. 추운 바람이 불어 생명이 다 시든 듯 보이는 순간에 약동하는 에너지로 찾아와 따뜻한 기운을 전하는 봄. 그 의미를 아기의 태명에 담았다. 그것도 두 번씩이나. 한겨울에도 "봄봄아" 하고 부르면 온기가 느껴질 것만 같다.

임신을 하고 나니 밤사이 한번씩 이유 없이 잠에서 깨고는 한다. 오늘 새벽에 깼을 때에는 갑자기 어렸을 적 앨범이 떠올랐다. 예전에는 그냥 아이가 생기면 부모는 이런 델 데려와서 사진 찍고 하나 보다 하며 별 감흥이 없었다. 그저 사진 속 내가 잘 나왔는지, 표정은 나쁘지 않은지, 어디에 놀러갔는지나 살폈다.

그런데 이번에는 그 사진 속 부모님이 또렷하게 보였다. 그들은 그 사진에 나오지 않았는데도. 아이가 태어나면 먹이고 재우는 하루 일과를 수행하는 것만으로도 벅차다는 걸 알고 나니, 엄마아빠가 어떤 각오로 걷지도 못하는 나를 데리고 이곳저곳에 가고 해가 지도록 쉬지 않고 사진을 남겼는지가 조금은 아득하게 이해되었다.

지금의 나보다 어린 나이에 부모가 된 그들은 갓난 아기이던 나를 만나 꽤 신이 났나 보다. 유원지, 불국사, 계곡, 식물원, 수영장 등 다채로운 배경 속에서 카메라를 응시하는 어린 내가 있다. 첫째인 나는 동생보다 아기 때 사진이 많다. 이는 사랑의 크기 때문이 아니다. 제 손으로 밥도 못 먹는 아이 둘을 데리고 다니는 일은 상당한 체력이 필요하다. 언성을 높일 법한 일에도 쉽게 화를 내지 않겠다는 각오도 해야 한다. 무엇보다도 결혼하고 둘이서만 지내다가 처음으로 꼬물대는 아이를 만나 모든 게 새삼스러워져 기록으로 남기고 싶었을 두 사람의 그 마음이 이제는 짐작이 되었다.

그러자 문득 지금쯤 손가락 발가락을 만들고 있을 봄봄이에게 느끼는 나의 이 모든 감정을 엄마도 뱃속의 나에게 동일하게 느꼈을 거라는, 뻔하다 할 수 있지만 나에게는 처음인 생경한 깨달음이 온 몸을 휘감았다. 엄마가 나를, 아주 많이도, 사랑했구나. 커오면서 사랑을 덜 받았다 생각한 순간은 없었지만, 그간 존재하는지조차 몰랐던 어떤 문이 열리자 거대한 사랑이 쏟아졌다. 딸은 이렇게 뒤늦게야, 이제서야 제가 어떤 마음을 받고 컸는지를 깨닫는다.

아빠가 왜 지금도 어딜 가면 '저기에 서봐라, 여기에 서봐라' 하면서 사진을 찍는지도 알 것 같다. 결혼 전 마지막으로 가족들과 태국 방콕으로 여행을 갔을 때였다. 아빠는 사원에 있는 불상을 지날 때마다 카메라로 찍어줄 테니 거기에 서보라고 말했다. 우리는 아직 이 사원의 절반도 못 왔고, 이 다음으로 또 다른 사원에 갈 예정이었고, 이 불상은 분명 좀 전의 그 불상과 똑같았다. 언제쯤이면 이 사원을 벗어날 수 있을까 속으로 궁시렁대며 카메라 앞에 섰다. 다시 보니 아빠 사진 좀 잘 찍더라. 아빠가 말로 표현하지 않았던 애정이 프레임 밖으로 전해져왔다.

지난 시절의 사진 2

트라우마를 겪은 이들을 위한 상담 교육을 비대면으로 신청했다. 줌으로 수업이 시작되자 교수님은 트라우마라는 주제 특성상 교육 도중에 신체적으로나 심리적으로 벅찬 순간이 찾아올 수 있다고 주의를 주셨다. 가까운 곳에 사랑하는 사람의 사진을 두면 도움이 될 거라고 하시기에 앉은 채로 주변을 둘러보니, 책상 한구석에 늘 존재해왔던 사진이 눈에 띈다. 검은색 나무 액자 속, 초등학생이 되었을 나와 남동생과 엄마가 눈 오는 산을 배경으로 함께 찍은 사진이다.

당시 내가 살던 아파트 뒤에는 아주 큰 산이 있었다. 한겨울에 함박눈이 내리기 시작하면 나무 위로 흰 눈이 그득그득 쌓였다. 사진 속 그날도 함박눈이 내려 나무가 무거웠다. 저 사진이 찍히던 때 내 표정을 보자면, 밖으로 나가기 전 추우니까 급한 대로 목에 이거라도 두르라며 엄마가 분홍색 스카프로 리본을 매줄 때 들었던 생각, 눈을 보러 나가자고 호들갑 떠느라 추위마저 잊은 채 살짝 들떴던 기분, 카메라 앞에서 포즈를 취할 때 뒤에서 나를 잡아주던 엄마의 든든한 느낌, 무엇보다 지금 눈이 펑펑 내리고 있으니 우리 가족 모두 나가서 사진을 찍어야 한다고 말했을 우리집 분위기까지 그려진다.

　교육이 끝난 뒤로도 종종 압도될 것 같은 순간이 찾아오면 저 사진을 본다. 사진 속에는 없지만 눈 한가운데로 우리를 인솔해서 사진을 찍어주고 있을 어린 아빠도 상상하면서. 그러면 현재의 나는 시큰시큰 뭉클한 피가 돌면서, 압도될 것 같은 무언가로부터 자연스럽게 빠져나오게 된다. 교수님의 조언대로 사랑하는 사람의 사진으로부터 나는 보살핌과 보호를 받고 있었다. 엄마아빠는 내가 30년이 흐른 뒤에도 이 사진으로부터 이렇게 힘을 받으리라는 걸 알았을까.

이토록 평범한 미래

인식의 패턴이 완전히 바뀌어, 이미 일어난 일들이 아니라 앞으로 일어날 일들이 원인이 되어 현재의 일이 벌어진다고 생각하게 되는 것이죠. 그렇게 생각하면 어떤 일들이 일어날까요?

과거는 자신이 이미 겪은 일이기 때문에 충분히 상상할 수 있는데, 미래는 가능성으로만 존재할 뿐이라 조금도 상상할 수 없다는 것. 그런 생각에 인간의 비극이 깃들지요. 우리가 기억해야 하는 것은 과거가 아니라 오히려 미래입니다.

김연수, 『이토록 평범한 미래』(문학동네, 2022)

임신하고 맞이한 5개월, 변화하는 신체에 적응하는 것만으로도 많은 에너지가 소모되는 시간들이었다. 온 힘을 다해 연말 마지막날까지 예약된 상담을 하고 글을 쓰고 전공 공부를 하다가 새해 첫날이 되자 모든 걸 접었다. 여유 있을 때 보려고 그간 아껴두었던 김연수와 신형철의 신작을 챙겨 따뜻한 나라로 호로록 떠났다. 오랜만의 휴가였다. 비행기가 이륙하자마자 기대에 부푼 마음으로 『이토록 평범한 미래』를 펼쳤다. 너무 오랜만에 소설을 읽어서인지 '이게 무슨 소리지?' 어리둥절할 뿐, 처음에는 내용이 잘 읽히지 않았다. 그러다 어느 부분에서 갑자기 눈물이 핑- 쏟아졌다.

화자는 애인(지민)과 함께 애인의 엄마가 쓴 소설에 대한 정보를 물어보려 삼촌을 찾아간다. 그러자 맥락도 설명해주지 않고 삼촌은 "과거가 현재를 결정하는 것 같지만 사실은 미래가 현재를 결정한다"면서, 두 사람이 앞으로 결혼할 수도 있는 미래 때문에 지금 내 앞에 있는 것일 수도 있고, 당신은 어머니가 분신자살 했다는 과거 때문에 동반자살을 해야 한다고 여길 수 있으나, 두 사람이 앞으로 결혼해서 살 미래를 생각하면 오늘 다른 선택을 할 수 있다는 아리송한 말을 남긴다. 이게 대체 무슨 말인가, 영문을 모르겠어서 인상을 찌푸렸다. 그러다 바로 다음 말에서 이게 무슨 뜻인지를 정확하게 이해했다.

> "안타까운 건 이런 멋진 소설을 쓰고서도 지민 씨의 엄마가 이십 년 뒤의 지민 씨를 기억하지 못했다는 사실이에요. 가장 괴로운 순간에 대학생이 된 딸을 기억할 수 있었다면 아마도 선택은 달라졌을 겁니다. 용서는 과거가 아니라 미래를 기억할 때 가능해집니다. 그러니 지금 미래를 기억해, 엄마를 불행에 빠뜨린 아버지와 그 가족들을 용서하길 바랍니다."
>
> – 김연수, 『이토록 평범한 미래』

삼촌은 화자의 애인에게 당신의 미래를 기억하여 오늘 다른 선택을 하길 바란다고 말하고 있었다. 그 삼촌의 말은 미래를 기억해냈더라면 좋았을 나의 예전을 떠오르게 했다. 내겐 아주 아주 오랫동안 헤어나올 수 없을 듯한 무기력을 경험하던 시기가 있었다. 불치병에 걸린 젊은 환자를 보면 그에게 돈을 아주 많이 주고서라도 그 삶을 사오고 싶은 심정이었다. 빛나는 지금 끝날 수밖에 없는, 더는 어찌할 수 없는 그 삶을 남몰래 부러워했다. 잘 먹고 잘 자고 생을 성실하게 살아내는 와중에도 그 마음이 문득문득 나를 찾아와 밑도 끝도 없이 끌어내렸다.

당시에는 삶이란 게 원래 이렇게 인간이 고통을 느끼도록 만들어져 있어서 괴로운 것이라 여길 뿐, 내게 소화되지 못한 경험이 있었다는 것을 알아차리지 못했다. 돌아보니 오랫동안 아파하고 견디다 허망하게 떠나간 이를 지켜보면서 내 삶 속 생기를 다 써버린 듯했고, 삶이 그 어떤 환희를 보여준들 이미 내가 겪은 좌절을 보상할 수 없으니 다시는 삶을 믿지 않겠다는 처연한 결심 같은 게 내 안에 있었다. 주변에서 아무리 좋고 빛나는 걸 정성스레 보여줘도 와닿지 않았다. 너희는 아직 이걸 겪어보지 않았잖아, 그저 튕겨낼 뿐이었다.

공든 탑이든 무엇이든 쉽게 발로 내차버리는 게 이 세상이라며 화내던 내게, 그런 불신을 온 마음에 칭칭 감은 채 무력해하던 내게, 작은 생명체를 품는다는 것은 기가 찰 만큼 가당치도 않은 일이었다. 반려인은 우리가 아이를 갖게 된다면 함께 나눌 행복이 더 커질 것이라며 지치지 않고 나를 설득했다. 그러나 내 눈에 씐 이 렌즈가 오래되고 익숙한 탓에 그가 내게 제시한 우리의 미래는 생생하지 않았고 두 사람이 같은 그림을 그려나가기가 어려웠다.

한데 봄봄이가 등장하자마자, 나의 현재는 아주 자연스럽게 과거가 아닌 미래가 결정하게 되었다. 내 과거의 무기력이 무엇이든, 과거의 실망과 좌절이 무엇이든, 나는 아이에게 다른 말을 해주어야 하는 사람이 되었으니까. 내가 마주한 그 고통을 혹여 겪게 될 봄봄이를 떠올리면 주저앉거나 잠시 숨을 고를 겨를조차 없다. 아이의 눈을 보고 말해야 한다. 삶의 빛나는 모습도 외면하고 싶을 만큼 괴롭지. 너무도 괴로워서 그 무엇도 다시는 사랑하고 싶지 않지. 그럴 수 있어. 그런데 그게 다는 아니야, 네 삶은 그런 게 아니야. 이 모든 걸 경험하고도, 깊이 이해하고도, 다시 삶을 믿고 사랑하고 빛나는 부분을 발견해 나아갈 수 있어. 너는 강인한 사람이야.

봄봄이에게 해주고 싶은 말이 선명해지자, 삶을 보는 렌즈에 균형이 잡혔다. 괴로움에 고통받던 순간도 있지만 경이로움에 감탄하던 순간 역시 있었음이 그제야 눈에 들어왔다. 이 뱃속의 아기는 등장만으로 내가 10년 넘게 못 고친 병을 가슴 깊이 고쳐주었다. 가장 괴로운 순간이 다가온다 할지라도 나는 아이와 함께 할 '이토록 아름다운 미래'를 기억하는 사람이 된 것이다. 내가 기억해야 하는 것은, 가능성만으로 존재할 뿐이나 생생하게 살아 있는 아이와의 미래다. "나를 망치러 온 구원자"여. 너와 함께 할 이토록 평범한 미래 덕분에 나는 조금 더 용기를 내는 사람이 될 수 있을 것만 같다.

패배 위에 부는
새 바람

"제게 새해를 선물해주셔서 감사해요."

새해에 도착한 여러 안부 중 한 내담자의 짧은 인사가 내내 마음에 걸렸다. 진심을 전해주어 고마우면서도, 마음 한편에 그에 대한 미안함이 자리잡았다. 이토록 무탈하고 평안한 내가, 스스로를 망치고 있다는 느낌에 시달리는 당신을 마치 깊이 이해하는듯 당신과 앉아 있어도 괜찮은 걸까. 장애물이 생기면 방치하지 않고 곧바로 처리하면서 자신을 돌보는 게 익숙한 내가 이리도 안전한 곳에 머물면서 과연 당신을 이해한다고 말할 수 있을까. 그를 기만한다는 느낌을 지울 수가 없었다.

의지할 수 있는 이에게 이런 고민을 털어놓았다. 그는 전문가로서 도움을 주기 위해서는 피상적으로 공감하는 게 아니라 끝까지 물어보고 끝까지 이해하는 과정이 동반되어야 한다고 했다. 누군가의 삶을 직접 경험한 적 없기에 언뜻 잘 이해되지 않는 부분은 자기 방식대로 넘어가기 쉽다. 그러나 진정으로 그 마음에 닿기 위해서는 짐작하고 넘겨짚기 쉬운 사소한 것도 끝까지 물어보고 이해하려는 정성과 애정이 필요하다. 그러한 상담자의 끊임없는 이해와 애씀이 궁극적으로는 내담자가 자신을 수용하는 과정과 맞닿아 있으니 이를 게을리해서는 안 된다는 것이었다. 당신을 끝까지 이해하기 위해 나는 어떤 애씀을 실현해야 하나. 고민을 지속해봐도 기만적이라는 느낌이 쉽사리 지워지지 않았다.

영 찌뿌둥한 마음으로 책을 읽다가 "타인을 이해하는 게 가능한가"라는 구절을 발견했다. 뜨끔했다. 마치 자신 없는 내 마음을 누군가에게 들킨 것만 같았다. 그런데 뒤이어 이런 문장이 이어졌다. "이해하려고 애쓰는 마음에는 패배한 이후에도 새로운 바람이 불어온다." 김연수, 『이토록 평범한 미래』 그렇구나. 갑자기 어깨가 펴지면서 의지가 생겼다. 패배하지 않을 자신은 없지. 그런데 새로운 바람을 끊임없이 찾아내는 거, 그건 자신이 있지. 새로운 바람이라면 누구보다도 끊임없이 맞이할 수 있을 것만 같았다.

여행지에 함께 가져간 다른 책에서는 이런 문장도 발견했다. "너는 이 세상에 있어야 한다. 내가 그렇게 만들 것이다." 신형철, 『인생의 역사』, 난다, 2022 그렇다. 당신을 온전히 이해한다고 자신 있게 말할 수는 없을지라도, 나의 사랑으로 인해 당신이 이 세상에 있도록 만들리라는 점은 분명하게 말할 수 있다. 당신에게 내년에도, 내후년에도 새해를 선물할 것이다. 나는 패배하더라도 새로운 바람을 타고 계속 앞으로 나아가는 사람이니까. 먼 나라에 와 많은 풍경을 눈에 담았지만, 결국 내가 발견한 건 내 마음의 풍경이었다.

암 유전체학 노트

어느 날 상담이 끝날 무렵 내 손에는 『암 유전체학 노트』박웅양, 바이오스펙테이터, 2022라는 책이 들려 있었다. 감명 깊게 읽었다며 책을 빌려준 그는 암으로 진단받은 부모님을 자신의 손으로 간병하고 떠나보낸 뒤 이를 잘 애도하고 싶다며 내방한 이였다. 첫 회기에 그의 입에서 나온 '잘 애도하고 싶다'는 말이 중요했다. 힘겨운 상실을 경험한 경우, 대부분은 그만 슬퍼하고 어서 괜찮아지길 바라며 내방한다. 현재 겪고 있는 고통감으로부터 벗어나고자 하는 마음은 자연스럽고 적응적이다. 그런데 그의 '잘 애도하겠다'는 다짐은 거기서 한 걸음 더 나아간다. 비록 한동안은 부단히 괴로운 감정을 느끼고 곱씹으며 고통감이 더 커지겠지만, 그럴지라도 그 어려운 주제를 잘 대면하여 더 깊이 다뤄보겠다는 포부가 담겨 있었다.

그 덕분에 내 손으로는 평생을 가도 찾아 읽지 않을 법한 책을 집중해서 읽었다. 내가 이해한 바는 이렇다. DNA에 의존하게끔 만들어진 인간은 세포분열을 반복할 수밖에 없고, 우리가 지닌 놀라운 면역체계 덕분에 대체로는 별 탈 없이 지나간다.

그러나 확률적으로 오류가 발생해 세포분열이 멈추지 못하면 암세포가 발달하게 되고 정상 세포가 지녀야 할 에너지마저 앗아간다. 암에 걸리고 사망하게 되는 건 누군가의 잘못이나 부당함 때문이 아니라 세포분열의 확률 게임이라는 것이다.

나의 내담자는 아버지가 암으로 돌아가실 수밖에 없다는 사실을 받아들이기가 무척이나 어려웠다고 했다. 마치 누군가 본인의 삶을 의도적으로 망치고 있는 것만 같아 오랫동안 분노를 참기 힘들었던 것이다. 책을 계기로 자신이 겪은 모든 과정이 그 누구의 탓도 아니었다는 점이 이해되자, 마침내 자신을 괴롭혀온 원망으로부터 놓여날 가능성을 발견하게 되었다.

쉼보르스카 시인은 죽기 직전 "운명에 감사하며, 내 삶에서 일어났던 모든 일들에 화해를 청합니다"라는 유언을 남겼다. 이 유언에는 내 삶에 찾아온 그 무엇과도 언성을 높이지 않고 묵힌 감정을 풀어낸 가뿐함이 담겨 있다. 내게 주어진 기쁨과 성취만이 아니라 좌절과 역경마저 고맙게 여기는 숭고한 마음. 그러나 내게 일어난 모든 일들과 화해하는 과정은 사실 몹시도 고달프다. 나를 손상시키는 일이 발생한다 할지라도 그로 인해 나는 파괴되지 않을 것이며, 오히려 이로 인해 더 큰 가치를 발견하게 되리라는 단단한 믿음이 필요하기 때문이다.

영롱한 빛깔의 진주가 만들어지기 위해서는 우선 조개 내부에 외부의 이물질이 침입해야 한다. 단, 그 이물질을 그냥 두면 그 부위가 썩어 죽기 때문에 조개는 체액을 분비하여 이물질을 감싼다. 단단한 껍데기 속에 숨겨진 연하디 연한 생살로 이물질을 감싸안아 새로운 무언가를 만들어내는 시간들. 내 삶에 일어난 모든 일과 화해를 청하는 과정은 그 외부 침입물을 두 팔 벌려 환영하는 마음과 맞닿아 있다. 세상을 바라볼 때, 단지 나를 아프게 만드는 침입물이 가득한 곳이라 여긴다면 우리는 넘치는 고통 속에 방치된 존재일 뿐이다. 그러나 나만의 진주를 품을 수 있는 무대로 여긴다면 꽤나 도전적으로 화해를 시도하는 주체가 될 수 있다.

다행히 조개는 통증을 느끼는 중추신경계가 발달하지 않아 고통을 느끼지 못한다고 한다. 그러나 우리는 눈꺼풀에 미세한 먼지만 하나 달라붙어도 얼굴을 찡그리며 화들짝 놀라 눈을 비빈다. 고통으로부터 나를 방치하고 싶지 않다는 그 마음은 순간의 나를 보호해주지만 궁극적으로 그 경험을 받아들이는 데에 방해가 된다. 여러 상담치료 이론에서 공통적으로 '고통의 수용'을 핵심적인 치료 요인으로 꼽는 이유는 그만큼 이것이 어렵지만 끝내 이뤄내고 나면 우리를 자유롭게 만들기 때문이다. 나의 내담자는 암 유전체학 책을 계기로, 이 고통은 나의 것이고 이 고통을 유지하거나 끝낼 수 있는 것 역시 결국 나 자신이라는 책임감을 끌어안으며 삶을 받아들이게 되지 않았을까.

어제는 출산으로 인해 한동안 어려워질 우리의 상담을 함께 논의하고 앞으로의 일정을 조율하는 시간을 가졌다. 그리고 2년 반 넘게 이어온 상담이 당신에게 어떤 의미를 지니는지 질문했다. "그 자리에 계신 선생님과 이렇게 있었던 것만으로도 제 자신과 다른 관계를 맺게 됐어요. 이 상담은 언제든 꺼내 먹을 수 있는 주머니 속 사탕 같아요." 꼭 상담 교과서에 나올 것만 같은 말을 들었다.

나는 늘 이 자리에 앉아 모든 내담자들이 나를 그런 대상으로 써주기를 기대하며 최선을 다하지만, 모두 그와 같은 결론에 이르는 것은 아니라고 답했다. 고로 그런 마음을 느낄 수 있었던 건 실로 당신의 능력이라고 말이다. "그 말씀은 잘 모르겠네요." 그런 대상으로, 도구로 쓰일 수 있는 기회가 내게 주어졌다는 게 얼마나 감사한 일인지 정확하게 전달할 수는 없으리라. 그래도 말하지 않아도 공유되는 어떤 영역이 우리 사이에 존재하고 그걸 같이 믿고 있다는 게 느껴졌다.

내 마음에 드는 향기

간밤 꿈에 최애 아이돌 멤버가 나와서는 내게 향수 두 가지를 순서대로 뿌려주며 선물해줬다. 그 향의 조합이 기가 막히게 좋았던 덕에 아침에 가뿐하게 눈을 떴다. 잠에서 깨자마자 꿈의 기억을 더듬어 그 향수를 사려고 검색창을 열었다가 순간 멍해졌다. 꿈 속의 향수는 딥티크였는데, 여태껏 그 브랜드의 향수는 시향해본 적이 없어 비슷하게라도 짐작해볼 수가 없었다. 다시는 맡을 수 없는 향이라니, 심지어 두 가지 향이었는데! 애통한 마음으로 베개에 얼굴을 묻었다.

임신하고 나니 사람들은 내게 무색 무취를 권유하고 조언하며 제안한다. 일반적으로 임산부에 기대되는 것과 다른 것을 하려고 하면 "그래도 조심해야 하고" "그래도 그러면 안 되고" "지금은 참아야 한다"고들 한다. 아 예, 어지간히 제가 알아서 신경 쓰고 있습니다만. 당면한 현실과 다르게 꿈속에서 나는 온전히 내 취향만을 섬세하게 존중받을 수 있었다. 게다가 두 향의 조화는 내 마음에 쏙 들었고 그게 몹시도 좋았다. 나를 온전히 나로서, 내 욕구를 온전히 욕구로서 느낄 수 있었다.

임신을 하면 요가원을 가도 태명을 부르라 하고 배를 만지라 하며 아이에게 사랑한다 말하라 한다. 내게 요가 시간은 고요하게 나를 만나고 내 안에 머무르는 시간이었다. 그런 나에게 이런 요구는 침입적으로 느껴졌고 거부감이 들었다. 이미 나는 충분히 아이를 위해 내 삶을 변화시키고 있는데 요가원마저 끊임없이 내게 아이를 상기시키다니. "너무 많이 먹지도 너무 적게 먹지도 말고, 너무 많이 움직이지도 너무 적게 움직이지도 말라 (이게 가능합니까?), 늘상 조심하라"는 얘기를 듣고는 요가원에 발걸음을 끊었다.

어떤 마음이 있길래 이런 꿈을 꿨을까 하니, 하고 싶은 거 다 해도 괜찮다는 얘기가 듣고 싶었던 모양이다. 어차피 하고 싶은 거 다 하라고 해도 이미 달라진 몸 때문에 할 수 없는 것들이 많고 그걸 누구보다도 내가, 너무나도, 잘, 알고 있다. 하고 싶은 걸 하라는 말은 "그럼에도 당신에게 무언가 하고 싶은 욕구가 있다는 건 참으로 귀하다"는 말로 느껴져 위로가 될 것만 같았다.

'여기는 제 영역이니 넘으시면 안 돼요'는 내게 매우 중요한 삶의 태도 가운데 하나였다. 그러나 이제는 내 몸 속에서부터 무언가가 존재하기에, 내 영역에 선을 긋는 일이 더 이상은 불가능함을 받아들였다. 내 영역 네 영역을 의도적으로 구분하는 시도는 실패로 돌아갈 수밖에 없다. 그걸 잘 알기에 나는 정말로 많이 받아들였다.

이는 내가 큰마음을 먹고 받아들인 것이지 애초에 무욕의 주체로 여겨지는 건 허가할 수 없다. 그렇기에 가장 먼저 내가 나를 대하는 영역부터 살펴본다. 쉽게 포기하지 않기로 다짐한다. 앞으로는 더욱더 엄마라서, 아이를 위해서, 포기하고 내려놓아야 하는 부분이 많아지겠지. 그럼에도 내 앞의 모호함과 불편함을 계속 직시하면서 쉬운 선택을 내리지 않으려 한다. 어려운 선택이 될지라도 나의 욕구와 취향을 존중하고 위하는 방향을 끝까지 모색해보려 한다.

봄봄아, 엄마 마음에 드는 향수 냄새 좀 맡고 올게. 내가 내 삶의 욕구를 존중해야 네 삶의 욕구도 존중할 수 있어. 이게 나와 네가 모두 잘되자고 하는 거란다.

아이를 맞이할 준비

예정일로부터 3개월가량 남은 요즘, 아기를 맞이할 준비는 잘되어가느냐는 질문을 자주 받는다. 아주 단순한 질문인데 짧은 순간 머릿속에 여러 가지가 스친다. 뭘 준비해야 잘하는 걸까. 사야 할 용품, 아기를 위한 방, 마음의 준비, 육아법 책 등등이 매우 빠른 속도로 머릿속을 스쳐 지나간다. 그러다, 아직은 별생각 안 하고 무탈하게 지내고 있다며 시답지 않게 대답해버리고 만다.

잠에 들기 전이면 다시금 궁금해진다. 그렇게 대체 뭐부터 준비해야 하는 거지? 처음에는 어떻게 기저귀를 갈아야 하나 따위의 것들에 압도되었다(추후에 육아의 세계에 도달하자 기저귀 가는 일 따위는 그야말로 '일'도 아니었다는 사실을 알게 된다). 조리원에서 시간도 많고 산후도우미 분도 오시고 유튜브에 도움되는 영상도 넘쳐나니까 천천히 알아가도 충분하다는 생각에 다다라, 그 부분은 미래의 나에게 온전히 맡겨버렸다. 미래의 나 파이팅.

그런 걱정들이 다 걷히고 나니 정말로 나를 불안하게 만드는 생각이 선명하게 드러났다. 착한 사람에게도 엄청나게 불행한 사건이 벌어질 수 있는 이 세상을 내가 어떻게 받아들이고 있는가에 대한 염려였다. 나이를 먹어 어느 정도 단련된 나도 이 세상이 여전히 두렵고 어떤 좌절을 겪으면 그냥 다 때려 치우고만 싶은데, 나보다 훨씬 더 연약한 존재가 태어나 이 세상을 알아가면서 경험할 좌절을 부모로서 거리를 두고 지켜볼 준비가 됐을까? 내게는 바로 그 웅덩이가 있었다.

나, 바로 나 자신에게 묻는다. 너는 너의 불안을 네 선에서 해결하여 이로부터 아이가 자유로이 커갈 수 있도록 해줄 수 있는 사람이니? 아이가 때로 삶이 불합리하다, 부당하다 분노하는 순간에 이를 품어줄 넉넉한 공간을 준비해두었니? 함께 새로운 대안과 가능성을 상상할 힘을 지니고 있니? 삶이 원하는 대로 풀리지 않더라도 멈춰 좌절하지 않고 세상을 다시 믿을 용기를 품었니?

아니, 그럴 리가. 당연히 자신 없다. 이런 각 잡은 질문에 '그렇다'고 대답할 수 있는 사람이 몇이나 될까? 아니, 근데 이거 평생 준비가 될 수는 있는 영역인가, 순간 멍해졌다. 잠시 마음을 가다듬기 위해 숨을 고른다. 나를 믿을 수 없는 순간이 불현듯 찾아오면 나는 곁을 지켜주는 이들 몇몇을 그저 가만히 떠올린다. 직접 만나거나 목소리를 듣지 않아도 괜찮다. 내가 넘어지지 않도록 지탱해줄 사람들이 내게 있다는 사실을 그저 상기하면 된다. 그러면 그들이 지닌 힘이 내게도 전해져 강해지는 느낌을 받는다. 흔들리지 않아야 한다고 혼자 생각할 필요가 없다,

괜찮다.

그래서 종교적으로 흔들림 없어 보이는 A와 J 부부에게 대모, 대부가 되어달라고 부탁했다. 종교가 없는 나는 사실 대모와 대부가 무엇을 의미하고 어떤 역할을 하는지 잘 모른다. 그럼에도 나는 내 삶을 지탱할 큰 믿음을 여태 지니지 못했으니, 이제까지 당신들이 지녀왔고 앞으로도 지니고 살아갈 그 단단함을 내게도 건네달라고 도움을 요청하고 싶었다.

A와 J는 자신들에게 주어진 생의 여러 가능성 가운데 '사랑을 선택하겠다'며 결혼을 결심했다. 갈림길에 설 때마다 사랑을 선택하여 삶이 지닌 비밀을 깨닫는 축복을 누리겠다고 다짐한 것이다. 나를 다치지 않게 만들 선택만을 고심하던 나에게, 그들의 다짐은 배포가 크고 자유로워 보였다. 사랑을 선택할 용기를 지닌다면 내 앞에 주어진 것이 무엇이든 달게 받을 수 있을 텐데. 사랑을 다짐한 그 힘을 내게도 빌려달라고, 그런 용기 있는 당신들이 내가 결점투성이 논리를 감히 우주에 적용하려고 할 때 멈춰서 말려달라 도움을 요청하고 싶었다. 조금은 간절한 마음으로 한 부탁이었다.

알랭드 보통은 『무신론자를 위한 종교』알랭드 보통, 박중서 옮김, 청미래, 2011에서 무신론자에게 가장 위안이 될 구약성서의 이야기는 바로 욥기가 될 것이라고 설명한다. 욥은 신실한 믿음을 지녔음에도 그의 신앙을 시험하자는 사탄의 제안으로 재산과 자녀를 모두 빼앗기고 끔찍한 피부병마저 걸려 고통 속에서 몸부림친다. 처음에 그는 도무지 죄 없는 자신이 왜 이런 고통을 당하는지 모르겠다고 한탄한다. 곁에 있던 친구들은 혹여 그럴 만한 죄를 지어 이렇게 고통스러운 것 아니겠냐며 한마디 덧붙인다.

욥기는 왜 착한 사람에게 나쁜 일이 일어나는가를 다루면서 이러한 중차대한 질문에 간단명료하거나 신앙에 근거한 답변을 제공하지 않는다. 욥에게 하나님은 어떠한 답을 알려주기 보다는 단지 질문한다. 세상의 탄생과 죽음에 대해, 빛과 어둠의 근원에 대해, 생명의 순환에 대해. 자신의 고통에 골몰하던 욥은 그 질문들을 곱씹으며 마침내 생의 경외감으로 관심을 돌리게 된다. 어떤 사건이 왜 하필 나에게 발생했는지 우리로서는 알 길이 없지만 고통을 항상 처벌로 해석할 필요는 없다. 우리는 수수께끼로 가득한 우주에서 살고 있는 것이다.

욥의 이야기에는 죄를 짓지 않은 자에게도 회복이 불가능해 보일 만큼의 거대한 상처가 얼마든지 발생할 수 있지만 누구를 원망하지 않고도 이를 수용하고 삶에서 믿음을 회복할 수 있다는 가능성이 담겨 있다. 이해할 수 없는 비극이 발생하면 우리는 그 비극이 왜 일어날 수밖에 없었는가에 마음을 쏟지만, 더 중요한 건 자신을 능가하는 규모를 지닌 생에 대한 경외심과 우주에 대한 연대라는 점이 내 마음에 깊이 새겨졌다.

마음 깊은 곳에 있던 불안이 무엇이었는지 발견하고 이를 위로하는 이야기를 마주하니 안심이 됐다. 이건 평생 완성될 수 없는 영역이었고 해결해야 할 불안이 아니라 받아들여야 할 불안이었다. 흔들리는 순간에 내게 필요한 것은 '그런 일은 생기지 않아'라며 불안을 내치는 말들이 아니었다. 그런 일이 생길 수도 있지만 그럼에도 우리는 생의 찬란함을 발견하고 더 큰 연결감을 느낄 수 있다는, 확장의 가능성에 대한 이야기만이 나를 진정시켰다. 괜찮다, 내게는 흔들릴 때마다 나를 붙잡아줄 사람들과 책이 늘 곁에 있다. 나는 준비를 굉장히 잘하는 중이다.

빈방들을 바라보며

최근 몇 개월간 상담 전문가로서 나는 "양수가 터져서 오늘은 상담이 어려울 것 같네요"라고 연락하는 일을 만들지 않기 위해 최선을 다했다. 당분간은 상담 업무를 수행하는 데 한계가 있는 몸이 되었기에 이를 치료 측면에서도, 윤리 측면에서도 잘 풀어가야 했다. 몸을 살피는 동시에 종결 작업에 온 에너지를 기울였다. 긴 시간을 들여 모든 내담자에게 내 상황을 설명하며 우리의 상담을 마무리하기 위해 필요한 시간을 조율했고 추후의 만남을 기약하면서 그간의 작업들을 잘 포장해나갔다.

그리고 오늘자로 대면 상담을 모두 종결했다. 마지막으로 상담실 문을 닫고 나서려는데, 별안간 그간의 종결된 상담들이 텅 비워진 방처럼 물리적인 존재감으로 다가왔다. 적막하고 공허한 텅 빈 느낌, 예상치 못한 상실감이었다. 몸도 무겁기에 일을 마무리하면 그저 후련할 줄 알았는데 이리도 선명한 상실감을 느끼다니. 오늘 상담에서는 무척이나 아름다운 마무리 인사를 나누며 마음이 가득 채워졌고, 게다가 상담실 창밖에는 이렇게나 기운 좋은 봄의 햇볕이 내리쬐고 있는데 말이다.

그간 내 마음속에는 빈방이 하나도 없었다. 상담을 시작하며 방의 개수를 무탈하게 늘려가는 데만 몰두했고 조심스럽게 장기 투숙객을 받았다. 그렇게 가득 찬 방을 운영하다 근 몇 개월은 이들이 안전하게 떠날 수 있도록 준비시키는 데 온 힘을 다했다. 결국 오늘 모두가 떠나간 빈방들을 보고 있자니, 그간 얼마나 다양한 방들이 생겨났는지 그 공간감이 느껴졌다.

전도연 씨가 "배우로서 자신이 잘 소모되길 바란다"고 말하는 방송 tvN, 「유 퀴즈 온 더 블럭」 187회 을 봤다. 어떻게 자신이 소모되길 바란다고 말할 수 있지, 그럼 아픈데, 사람들은 원래 자신이 아파지는 선택을 내리지 않는 법인데. 나는 나를 끔찍이도 아끼기에 소진되는 꼴은 볼 수 없다는 생각부터 들었다. 그런데 오늘 멈춰서 돌아보니 상담을 하는 순간만큼은 한 번도 내가 소진될까 염려하지 않은 채 기꺼이 닳을 수 있는 장면들을 택하여 나를 밀어넣어왔음을 깨달았다. 지금 상실감이 크다는 건 그만큼 나를 믿고 나를 소진해왔기 때문이구나.

어느 날은 정말로 내가 손상되기도 했고 가끔은 더없는 충만감을 느끼기도 했다. 그간 진심으로 온 마음을 써온 나 자신이 더없이 기특했다. 그런 의미에서 앞으로 또 다른 영역에서의 '소진됨'을 준비하는 마음에 용기가 생긴다. 나를 염려하는 마음에는 닳아 없어질지도 모른다는 불안이 있었다. 그렇지만 나는 소진될수록 더 넓어질 수 있는 사람이었다.

오늘 종결하면서 오랫동안 상담해온 내담자에게 그간의 상담을 한마디로 요약해달라 부탁드리자 이런 대답을 들었다. "사람은 변할 수 있다, 그것도 좋은 쪽으로." 이 일을 하면서 스스로 상상하지 못했던 더 좋은 변화를 마주하는 분을 자주 뵙는다. 나 역시 다시 내 일터로 돌아오기까지 몹시도 소진됨을 경험하겠지. 그러나 오늘 우리가 나눈 대화처럼 나는 더 좋은 변화를 마주하게 될 것이다.

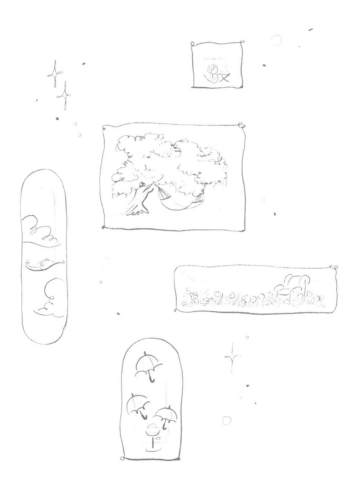

돌봄과 작업

내일 비가 내린다기에 마지막 벚꽃을 보기 위해 아침 일찍 집을 나섰다. Y에게 선물 받은 『돌봄과 작업』정서경·서유미 외, 돌고래, 2022 이라는 책이 눈에 띄어 가방에 챙겼다. 도착한 동네 카페는 어린아이와 반려동물을 모두 환대하는, 볕 좋은 사랑방 같은 곳이었다. 주문한 음료가 나오자 첫 모금을 마신 뒤 책을 펼쳤다. 첫 페이지를 읽자마자, 내심 걱정되었음에도 별 방도가 없어 씩씩한 척해왔던 부분을 깊이 위로 받는 기분이었다. 이 책을 읽으며 나를 떠올려준 그의 마음이 귀하고 고마웠다.

출산이 가까워지며 나는 조금 생뚱맞게도 내 생산성과 창조력을 자주 떠올리고 있었다. 정신분석학자 카렌 호나이는 프로이트가 말한 남근선망 여성은 남근이 없어 불안에 빠진다 을 비판하면서 '자궁선망'을 주장한다. 여성은 남근이 없어 불안한 게 아니라 가부장제에서 남성에게 주어지는 특권을 부러워하는 것일 뿐이며, 오히려 여성은 생명을 잉태하는 과정에서 자신이 지닌 창조력과 생산성을 행사하는데 이런 자궁을 지니지 못한 남성은 무의식적 열등감을 지닐 수밖에 없다는 거다.

예전에는 그렇겠군, 하고 넘어갔는데 실제로 나의 자궁이 그런 기능을 하느라 몹시도 바쁜 요즘 나는 내가 가진 창조력과 생산성을 충분히 경험하고 있는 중인지 의문이 들었다. 아기 옷은 어떻게 세탁하나, 분유 포트를 구매해야 하나, 출산 가방에는 뭘 넣나 등 할일만 챙기고 있었는데 '이러다 중요한 시기를 놓치는 건 아닌가? 지금 당장 팔레트를 챙겨서 그림이라도 그려야 하는 건 아닐까?' 싶어 괜스레 마음이 더 분주했다. 그런 내게 이 책은 단호하되 따뜻하게 이렇게 말하고 있었다.

희조야, 잘 들어봐. 창조성이란 건 그렇게 뜬구름 잡는 데서 만들어지는 게 아니야. 돌봄과 작업이라는 두 단어가 얼핏 상호 모순되는 듯 보이지? 현실세계에서 그 모순은 무척 미세한 지점에서부터 너라는 사람에게 균열을 일으킬 수 있어. 그 무엇도 완전하게 성취했다는 만족감을 느끼지 못한 채 계속해서 실패하는 자라는 열패감에 휩싸이기도 쉽고 말이야. 그동안 스스로 꽤나 마음에 들어 하던 너의 장점이나 주특기가 힘을 못 쓰는 상황에 놓이게 될 거야. 괴로울 것 같니? 고통스러울 것 같니? 바로 그 지점에서 네 안에 잠재되어 있던 창조성과 생산성이 발휘되기 시작할 거야. 안락한 순간에는 굳이 발휘할 필요가 없기에 너 자신도 있는 줄 몰랐던 그 모든 힘까지 다 끌어들여서 말이야. 경계선과 끝단으로 몰아붙여지며 스스로 지속적으로 발견하는 가능성과 잠재력, 바로 거기서 네가 찾는 게 만들어지는 거야.

생명을 잉태하는 과정에서 생산성을 행사한다기에, 아이의 어떤 면이 '알아서' 내 생산성을 채워주리라 막연하게 생각했다. 어떤 '영감'이 내게 '찾아와' 창조성과 삶의 기쁨으로 충만해진 나의 이미지를 어렴풋하게 떠올리기도 했다. 그러나 창조력과 생산성은 돌봄으로 인해 내 일상이 소진되고 나라는 사람의 틀이 깎여 괴롭고 혼란스러운 와중에 내 '적극적'인 의지가 있어야만 자라나는 것이었다. 그렇구나. 내 앞에는 수많은 위기들이 놓여 있구나. 그걸 계기로 계속해서 의문을 제기하고 분투하면서 진취적으로 성취해나가야 하는 거였구나. 정말이지 엄청난 기회가 찾아왔군.

임신 33주차. 내 자궁은 현재 복부 대부분을 차지할 만큼 커졌다. 나의 고귀한 성을 이 아가는 거침없이 점령해버렸고 위장, 소장, 방광에게 나는 매일 심심한 사과를 전하고 있다. 나의 장기들이여, 찌부러뜨려 미안하다. 매일을 그저 유지하고 있을 뿐인데도 아이는 2킬로그램으로 자랐다고 한다. 그렇게 자라난 아이의 몸무게가 내 생산성을 증명하고 있었다. 내 몸속 제한된 공간에서도 아이는 이렇게나 생산성을 느끼게 하는데, 드넓은 세상에서 자라날 아이는 얼마나 내 생산성을 확장해줄까.

귀찮은 엄마가 마음을 다하는 일

이 세상에 태어난 너에게 처음으로 쓰는 편지네. 처음부터
이런 말로 시작하는 걸 너그러이 이해해주기를 바라며
고백하자면, 사실은 말이지, 엄마한테는 임신이 무척이나
귀찮은 일이었어. 이래저래 성가신 일들만 늘어나니까
그저 미루고 싶었지. 결혼하고 네 아빠가 이 엄마로부터
제일 많이 들었던 말도 '귀찮아'였대. 엄마는 밖에서 열심히
일하고 모든 에너지를 다 써버린 채 집에 와서는 옷도 못
갈아입고 바닥에 드러눕곤 했어. 자기 직전에는 양치질하는
것마저 너무 귀찮을 때가 있더라. 그럴 때면 칫솔에 치약
좀 묻혀서 입에 넣어달라고 네 아빠한테 부탁하기도 했어.
그런 엄마이기에, 임신하면 가야 하는 병원 검진 같은 게
엄청나게 번거로운 일로만 다가왔지.
근데 말이야, 막상 네가 뱃속에 생기고 나니까 항상
기대하는 마음으로 병원 가는 날을 챙기고 있더라.

병원에 가면 초음파로 널 만날 수 있으니까. 다녀와서는 잘
보이지도 않는 초음파 영상을 아빠랑 복습하며 네 얼굴은
어떻게 생겼을지를 상상해보기도 했어.

열 달 동안 병원에서는 매번 "주 수에 맞게 잘 크고 있어요"
라고 말해주는데 그게 어찌나 안심이 되던지. 제일 듣고
싶은 말이면서 들으면 가장 기분이 좋아지는 말이기도 했어.
부지런하게 만삭 사진도 찍었어. 원래 엄마아빠는 이런
사진 찍는 걸 즐기는 편이 아니야. 역시나 귀찮았어. 그런데
나중에 네가 크고 나서 어린 나이의 엄마아빠가 얼마나 큰
기쁨으로 너라는 존재를 기다렸는지 보여줄 수 있는 사진을
남기고 싶더라. 네가 엄마아빠의 삶 속으로 첨벙 뛰어든
걸 기념하고 싶던 거야. 만삭 사진이라고 찍었지만 네가
폭풍같이 성장한 건 사진을 촬영하고 난 뒤라 엄청나게
부른 배가 사진에 담기지는 못했네. 이 사진의 엄마 뱃속에
네가 있단다.

네 이름을 무엇으로 지으면 좋을까, 우리는 아주 오랜 시간
공들여 고민했어. 엄마는 다른 건 귀찮아 하면서 작명에는
또 굉장히 몰입해서 하루에 열 개씩 새 이름을 만들어
아빠한테 의견을 묻곤 했어. 이건 어때? 저건 어때? 하면서.

요즘은 아기 이름을 지을 때 외국에서도 무난하게 통용될 이름을 고르는 추세라고 하네. 그런데 엄마는 부를 때마다 한글 고유의 맛이 느껴지면 좋을 것 같았어. 너와 평생을 함께할 이름인데, 그 뜻을 네가 한번씩 상기하면 참 좋겠다 싶기도 했고.

'윤슬'은 햇빛이나 달빛에 비쳐 반짝이는 잔물결을 뜻하는 단어야. 예전에 엄마아빠가 동남아 휴양지로 여행을 간 적이 있거든. 창문을 열면 에메랄드 빛 바다가 착 보이는 곳으로 숙소를 잡았어. 도착하자마자 커튼을 걷었더니 햇빛에 반사된 눈부신 반짝거림이 한없이 쏟아지는 거야. "저거 봐. 저걸 우리말로 '윤슬'이라 불러. 이름 예쁘지? 순한글 단어야." 엄마는 그렇게 말하고 잊어버렸는데, 아빠는 그때부터 저 단어를 마음에 저장해두었다고 하네. 미래에 네 이름으로 쓰려고.

이미 몹시도 빛나고 유연하고 완전한 존재인 윤슬아, 너도 아마 그 윤슬을 직접 보면 반하고 말 거야. 자연의 흐름에 순응하여 끊임없이 흘러가면서 일렁이는 그 물결은 마치 우리 인생 같아. 머무르지 못하고 어딘가를 향해 계속 흘러가다가, 햇빛이나 달빛을 받으면 그게 그렇게도

반짝거리지. 마치 귀한 것들이 마구잡이로 내게 쏟아지는
듯해. 뭘 더 하려고 하지 않아도 이미 귀하게 반짝이는 것,
그저 흘러가는 자체로 완전한 것. 네 인생도 그렇게 너를
향해 흘러가기를, 그게 누군가에게는 귀하게 비치기를.
이 세상에 도착한 너를 환영해. 너를 두 팔 벌려 정성껏
대접하는 일만은 하나도 귀찮지가 않네.

정답 대신 중심잡기

며칠 전에는 J 이모가 윤슬이를 보고 갔어. J 이모는
가르치는 능력이 뛰어난 건 말할 필요도 없고, 학생들을
위하는 마음이 정말 진심인지라 감탄하게 돼. 학부모들이
왜 그렇게 이모한테 고민을 많이 털어놓는지도 이해가
되고. 부모들은 자식에게 가장 좋은 것을 해주고 싶은
마음과 자기 삶에서 발현된 불안이 뒤섞인 나머지 이모에게
'정답'을 알려달라고 한대. '우리 아이에게 가장 좋은 단 한
가지를 알려주세요, 그럼 저는 비용이 얼마든 지불할 의향이
있습니다.'
그런데 J 이모 말에 따르면, 양육에는 절대적으로 옳은 단
하나의 길이 있을 수가 없대. 하나의 정답을 찾고자 한다면
이리저리 흔들릴 수밖에 없는데, 학생들은 외려 자기 부모가
남의 말에 휘둘려 이랬다 저랬다 하는 걸 가장 싫어한대.
"선생님, 진짜 짜증나요. 엄마가 어제는 이거 하라더니

오늘은 갑자기 이유도 안 알려주고 저거 하라잖아요."

결국에는 자기에 대한 이해도가 높은 부모가 중심을 잡아

결정을 내리고 그 결정을 책임지는 삶을 지켜보는 것, 거기서

아이들이 가장 많이 배우고 안정감을 느끼는 것 같다고 했어.

사랑하는 나의 아가. 엄마아빠의 유전자 조각들로 구성된

너는 태어나면서부터 우리의 대화를 듣고 무얼 하며 사는지

지켜보고 문제가 생기면 어떻게 대응하는지를 습득하며

점차 너로 커가겠지. 네가 나로부터 자유로울 수 없다는

사실을 상기할 때면 찬물 얻어맞은 것처럼 정신이 번쩍

드는데, 엄마는 그럴수록 중심을 네가 아니라 나로 둬야

한다고 생각해.

그 부모들이 왜 정답을 찾는지 엄마도 어렴풋하게 알

것 같아. 혹시 내가 부족해서 나의 아이에게 제일 좋은

걸 주지 못하면 어쩌나 하는 불안이겠지. 그 불안과

사랑을 구별하는 건 너무나도 어려운 일이야. 그 불안이

버거워지면 똑똑해 보이는 누군가에게 의지한 채 대신

결정을 내려달라 부탁하고 싶을 테니까. 하지만 그럴 때마다

엄마는 J 이모와의 대화를 기억할 거야. 단 하나의 정답을

찾기보다는, 내가 내 삶에서 누렸던 좋고 귀한 걸 너에게 잘

전해줄 방법이 무엇일지에 좀 더 초점을 집중해보려 해.
엄마아빠는 "내가 가진 것 중 가장 귀한 걸 아이에게 물려줄
수 있다면 무엇을 택할 것인가"라는 질문을 서로에게 던진
적이 있어. 아빠는 자신의 침착함을, 엄마는 좋아하는 걸
스스로 자유롭게 찾고 거기에 듬뿍 빠지는 기쁨을 골랐어.
엄마는 어떤 상황에서든 뭘 하면 기분이 나아지는지,
나에게는 무엇이 기쁨으로 다가오는지를 잘 알아. 나 자신
에게 집중하고 또 자세히 관찰하면 하나씩 발견해나갈 수
있지. 너의 기쁨은 아마 엄마의 기쁨과 또 다른 모양일 텐데,
어떤 모양새일지 궁금하네. 윤슬이도 너만의 고유한 기쁨을
찾아나가는 여정을 잘 누렸으면 좋겠다.
엄마아빠도 여전히 삶에 서툴러서 매순간 무엇이 정답인지
아는 건 아니야. 근데 삶이 퀴즈도 아니고, 매번 정답을
찾지는 않아도 돼. 중요한 건, 삶이라는 길에서 내 앞에
떨어진 질문을 진중하게 고민하고 그렇게 내린 결론을
환대하여 받아들이는 것 같아. 그게 다인 것 같아. 나의
선택으로 내 삶에 찾아온 나의 결론인 너를 나는 온 몸과
마음으로 환대해. 이 에너지가 너를 찾아가는 여정의
원동력이 되길.

2부

신생아가 부러운 삶

'만약 과거로 돌아갈 수 있다면 언제로 돌아가고 싶은가'라는 질문에 반려인과 나는 처음부터 첨예하게 대립했다. 단 한순간도, 1분 1초도 돌아가고 싶지 않다고 답하는 나와 달리 반려인은 한결같이 '신생아'라 했다. "수능도 다시 보고, 군대도 다시 다녀와야 해. 그런데도 신생아야?"라는 질문에도 흔쾌히 "다시 태어나면 좋지 않나. 이왕이면 가장 처음부터!"라고 했다.

'영생을 누릴 수 있는 기술이 개발된다면 사용하겠는가'라는 질문의 답도 상당히 달랐다. 그런 기술이 상용화되기 전에 이 세상을 하직하는 편이 낫겠다는 나와 달리 나의 반려인은 그 모든 기술의 혜택을 마음껏 누리고자 했다. "무릎 관절도 갈아 끼우고 눈알도 갈아 끼우면 계속 재밌는 거 할 수 있지 않나." 나이 들어서도 축구를 계속 할 수 있으니까 행복할 것만 같다고 했다.

그런 우리에게 진짜 신생아가 등장했다. 어제 반려인은 "윤슬이는 좋겠다, 신생아로 태어나서"라며 이 아이의 새로운 시작을 진심으로 부러워했다. 본인 삶에서 통제할 수 있는 게 하나도 없는데 이게 부럽다니. 배고파서, 추워서, 못 자서, 아니 당최 왜 괴로운지 구별도 못한 채 그저 울기밖에 할 수 없는 이 생명체가 정말 부럽나? 그 마음이 어마어마해서 한참을 웃었다. 그러다 문득 이 아이가 어른이 되어 "이 삶은 신생아부터 다시 살아볼 만하다"며 내게 말하는 장면을 상상해봤다. 오, 괜찮은데.

그러자 내 마음에도 다른 바람이 불어왔다. 기회가 주어진다 한들 단 한순간도 과거로 돌아가지 않겠다며 강경했던 나인데, 만약 그럴 만한 이유가 있다면 그게 과거 어느 시점이든 돌아가도 상관없겠다 싶었다. 돌아가야 할 과거가 지독하게 고독하고 외롭고 슬프고 망연자실한 순간이더라도 괜찮을 것만 같았다.

마주하고 싶지 않던 과거의 어떤 순간들. 그 경험들은 내게 마치 걸러내야 할 불순물과도 같았다. 나를 고통스럽게 만드는 것들을 나는 불순물로 규정했고, 괴로운 순간이 찾아오면 마치 정수기 물에서 찌꺼기를 발견한 듯 불쾌한 감정이 일었다. 감히 고요한 내 호수에 돌을 던지다니, 용서할 수 없어. 그렇게 나를 보호하는 게 우선이다 보니 차라리 내 삶에서 아무 일도 일어나지 않길 바라게 되었다. 방어적인 마음은 나를 긴장시켰고 그저 가만히 있는데 만도 많은 에너지를 끌어다 써야 했다.

그런데 그 고통들은 과연 불순물이었을까? 괴로운 순간들을 다 뜰채로 걸러내고 남은 것으로만 구성하려는 삶이 온전할 수 있을까? 그 찌꺼기가 사실은 내가 몹시도 좋아하는 우롱차 잎이었을 수도 있는데, 맛도 보지 않은 채 이 안에 뭐가 있다며 내던졌던 것은 아닐까? 내가 가장 원하는 건 어떤 상황이든 나를 평온하게 진정시키는 마음이었다. 이는 경직된 몸으로는 누릴 수 없었고 불순물 경계 모드를 해제해야만 찾아왔다.

아이를 낳을지 말지 오랜 기간 고민하며 나는 내가 다치지 않을 선택을 하고 싶었다. 만약에 다칠 수밖에 없는 선택지들 중에서 골라야 한다면 당연히 가장 덜 다치는 선택이어야 했다. '좀 더 수월하고 좀 덜 고통받으려면 어디로 가야 하는가.' 내 고민의 기준은 오직 이것이었다. 머리가 터져라 고민했지만 이렇듯 방어적인 태도로는 아무것도 정할 수가 없었다. 이래도 이 고통이, 저래도 저 고통이 따라왔다. 그서 가만히 있는 게, 선택 자체를 않는 게 가장 다치지 않는 방법이었다. 그렇지만 아무것도 하지 않으면 삶은 흐르지 않는다. 나는 물 흐르듯 흘러가는 삶을 바랐다.

지금 와선 주어진 결과를 '어떻게 받아들이는가'가 궁극적으로 모든 걸 결정할지도 모르겠다는 생각이 든다. 아이를 낳는 선택을 하든 낳지 않는 선택을 하든 고통 없는 삶의 방향은 없고, 내 작은 머리를 아무리 굴려봤자 그 고통이 그 고통일 수밖에 없다. 어떤 선택으로 만족스러운 사람은 그 선택을 하지 않더라도 만족할 수 있는 사람일 테다. 한 인간이 아무리 애쓴다 한들 자기 삶을 변화시킬 수 있는 폭은 인간 된 자가 지니는 한계로 인해 극히 제한되지만, 자기 삶에 주어진 것들을 온전히 받아들인다면, 그럴 수만 있다면, 아마도 온 세상이 변할 수 있지 않을까 하는 생각이, 이제야 든다.

'자신'이 중요한 엄마

오래전부터 나는 '내가 제일 중요한 사람'이라는 게 가장 큰 단점이라고 생각해왔다. 삶에서 자기 자신만큼 중요한 게 없다는 것은 스스로를 무엇보다도 귀하게 여기도록 만들기에 강력한 강점인 동시에, 시야를 '나'로 제한하기에 굉장한 단점이기도 했다. 이를 잘 알면서도 그런 단점을 극복하려 시도한 적은 없었다. 나는 내가 1순위인 게 좋았다.

임신을 하면서 어쩌면 내게도 나보다 더 중요한 존재가 생길지 모른다는 기대가 생겼다. 임신은 내 몸을 적극적으로 내어주며 시작된다. '자, 제 위장과 대장의 자리를 내어드립니다. 이곳에서 머무시지요.' 아이를 보호하기 위해 내 몸은 호르몬부터 변화한다. 이것보다 더 이타적인 행위가 어디 있단 말인가. 나는 이런 변화를 그리 어렵지 않게 받아들였다. 임신과 출산으로 자신이 이토록 좋은 사람임을 깨닫기도 했다는 지인의 말도 계속 떠올랐다. 맞네, 내 몸을 다 내어주고도 불만이 없다니, 나 엄청 좋은 사람이었잖아. 아이를 낳고 한동안 나는 그런 만족감에 젖어 있었다.

아이를 겨우 재운 뒤 드디어 바닥에 등을 대고 누워서 쉬는데 갑자기 기분이 울적해졌다. 내일은 내 생일이었다. 내일 뭐하지, 하는 생각이 드는 동시에 눈물이 났다. 그동안 생일이 되면 지인들과 함께 아름다운 식당에 가는 재미를 누려왔는데 집에서 벗어날 수 없는 내 모습이라니. 내일도 여느 날과 다름없이 아이의 밥, 똥, 잠이 1순위인 하루를 살아야 한다니. 수유하는 이에게 생일을 축하한다는 기분이 들도록 해줄 만한 건 아무것도 없는 듯했다.

아니 그렇다고 이게 울 일은 아니잖아? 그렇게 생각하니 기분은 한층 더 울적해졌다. 설마 고작 이런 이유로 내 상황을 원망하는 마음이 드는 거니? 아이가 건강하게만 크면 더 바랄 게 없다는 말은 겉만 번지르르한 소리였구나. 이렇게나 쪼잔한 사람이었네. 내가 좋은 사람인 것만 같던 만족감이 휘발되어 날아갔다. 지인들로부터 세상에서 제일 행복한 하루를 보내라는 생일 축하 연락이 오는데, 나는 내일 제일 행복한 하루까지는 보내지 못할 것이 분명했다.

퇴근한 반려인에게 박탈된 자유에 대한 상실감을 느낀다고 말했다. 그러자 그 누구도 자유를 박탈하지 않았으니 스스로에게 너무 제한을 두지 말라는 대답을 들었다. 원한다면 지금 집 앞에 산책을 다녀오고 주말에 밖에서 시간을 보내고 오라고. 듣고 보니 내가 나를 보는 시선이, 나 자신을 포기해야 하는 사람으로 바라보는 바로 그 시선이 나를 가장 울적하게 만들고 있었다. 나는 왜 나를 포기하는 사람으로 바라보던 걸까?

생일에 뭘 갖고 싶냐는 질문을 듣고 아무리 생각해봐도 별다른 게 떠오르지 않았다. 현재 내가 욕망하는 게 없다는 점이 무척 공허하게 느껴졌다. "희조가 원하는 게 시간과 자유여서 그런가?"라는 반려인의 말을 듣고 나서야 비로소, 크게 변화한 상황 속에서 기존의 욕구와 대처 전략만 고집하고 있던 내가 보였다. 그러니 울적하지. 내 마음이 문제였네. 그럼 난 이제 뭘 원해야 할까, '아이'와 '나' 사이를 왔다 갔다 하다가 길을 잃은 기분인데.

아직 육아가 익숙하지 않은 나는 일상에서 확인해야 할 사항이 수없이 많다. 적절한 낮잠과 밤잠 정도, 수유 양과 수유 간격, 집의 온도와 습도, 모유 수유에 적합한 음식 등등. 매일 크고 작은 선택 앞에서 고민할 때마다 아기에게 좋은 것을 주기 위해 자신을 깎고 희생하는 어머니들의 이야기를 자주 듣는다. 그러면 이런 생각부터 든다. 와, 난 그렇게는 못하겠는데, 그렇게까지는 내 마음이 동하지 않는데. 그리곤 나를 타박하는 목소리들이 따라붙는다. 남들은 어련히 부모라면 그런 선택을 하는데 나는 나밖에 모르는 사람이라 내키지 않는 건가. 난 여전히 내가 1순위인 사람이고 변한 건 하나도 없네! 여기서도 내 단점이 발동하는구나.

그렇지만 정신을 차려보려 애쓴다. 아니야, 정신차려. 그런 종류의 사랑은 내 그릇과 맞지 않는 형태여서 그런 거야. 내 그릇은 어떤 형태의 사랑일까 그걸 더 고민해봐. 나는, 나는 말이지, 좀 탐욕적이고, 제멋대로 생겨서는, 자기 하고 싶은 걸 고집할 줄도 아는 엄마가 되고 싶어. 나는 아이에게 너도 중요하지만 그만큼이나 나도 중요하다는 사실을 알려주고 나의 욕구를 귀하게 여기는 모습을 보여주고 싶어.

내가 자유롭고 충만할 수 있는 방법으로 나의 아이도 자유롭고 충만하게 커갈 수 있도록 응원하는 것. 내가 제공하고자 하는 사랑은 이런 형태였다. 나를 가득 채운 에너지로 아이를 저 멀리까지 힘껏 밀어주는 것. 나의 존재감을 밑거름 삼아 아이가 자신을 귀하게 여기고 주변과 친밀감을 나누는 사람으로 성장할 수 있도록 열원하는 것.

물론 돌봄을 행하는 자에게 '자유'와 '충만'은 제약이 많을 수밖에 없다. 누구인들 이게 좋은 줄 몰라서 안 하겠는가. 훌쩍 여행을 떠날 수도, 침대에 틀어박혀 체력을 보충할 수도, 밤 늦게까지 좋아하는 영화나 책을 탐닉할 수도 없다. 이런 식의 자유보다는 돌봄을 행하는 자로서의 책임과 의무가 비할 바 없이 더 중하다. 여행 한 번 안 간다고 병이 나지는 않지만, 아이는 수유량이 부족하면 병이 난다. 그래서 스스로 체념하기도 하고 이제 그만 내려놓으라는 말을 듣기도 한다.

그럼에도 부디 한 걸음만 더 나아가고 싶다. 매일의 충만은 불가능하더라도 단 몇 시간, 단 몇 분쯤 고요하게 존재감을 느낄 시간을 마련할 수 있기를. 그런 식으로 변화하는 상황에 맞춰 나를 북돋우는 전략을 수정해가며 적절한 균형점에 도달하기를. 새로운 종류의 자유와 충만을 어떻게든 확보해보겠다는 의지가 꺾이지 않기를.

늦은 밤, 반려인과 둘이서 조용히 생일 초를 키고 케이크를 먹었다. 자리를 정리할 때서야 초를 불기 전에 소원을 빌지 않았다는 사실을 알아차렸다. 그는 지금도 늦지 않았으니 어서 소원을 빌라고 했다. "생일 카드에 쓰인 문구대로 우리 세 사람이 앞으로도 지금처럼 재미있게 놀 수 있게 해달라 하면 되지!" 그렇네, 우리가 재미있게 노는 데에 윤슬이를 끼워주는 삶을 바라면 되겠네. 욕망이 비어 공허하다 했던 자리가 순식간에 채워졌다.

나의 1순위가 나인지 아이인지를 정하는 건 이제 중요하지 않다. 내게는 아이를 사랑하는 선택지밖에 없다. 그 삶뿐이다. 그렇기에 아이를 사랑하는 동시에 나를 잃지 않으려 발버둥치는 움직임을 이어가야 한다. 내 생일날 나 자신을 위해 흘린 눈물은 이유가 있기도, 귀하기도 한 것이었다. 삶에서 나 자신이 가장 중요했던 순간들은 겹겹이 쌓여 나만큼이나 소중한 대상을 마주했을 때 그를 그대로 존중하는 법을 모색하도록 해줬다. 나는 나대로, 너는 또 너대로 각자의 리듬에 맞춰 춤을 추다 보면 서로의 발이 꼬이기도 하겠지만 큰 흐름에서 보면 그것도 나름대로 근사한 춤이지 않겠나. 내가 그토록 되고 싶어 했던 '엄청나게 좋은 사람'이란, 네가 자유로이 훨훨 너만의 춤을 출 때 나도 충만하게 나의 춤을 출 수 있는, 그렇게 우리 두 사람의 춤이 공존할 수 있도록 애쓰는 사람이었다.

육아의 한여름

반려인이 짧지만 귀중한 출산휴가를 냈다. 둘이서 처음으로 아이를 목욕시키던 밤, 너무나도 미숙한 우리시만 둘이기에 충분히 해낼 것만 같았다. 합심하여 아이를 돌보니 염려와 달리 꽤 괜찮은 나날을 보낼 수 있었다. 그러나 점차 내 몫으로만 떨어지는 일, 내 눈에만 보이는 일들이 늘었다. 그걸 참기 힘들어 자꾸만 속이 들끓었고 그와 나의 업무량을 저울질했다.

　육아에서 가장 힘든 부분은 부족해지는 수면과 체력이 아니다. 물론 이 자체로도 충분히 힘들지만, 그로 인해 피어오르는 불필요한 생각과 커져가는 오해가 원래의 이 힘듦을 곱절 이상으로 만든다. '내가 왜 혼자 집구석에서…… 이러려고 내가 애를 낳았나…… 왜 아무도 나를 안 도와주나……' 하고 나를 좀먹는 생각의 고리에 갇히기 쉬운 것이다. 그럴 때일수록 불편한 감정을 그저 삭이기보다는 정확한 표현으로 요청하여 상황을 개선하려는 노력이 필요하다.

　나는 집에서는 편히 쉬지 못하는 사람이니, 당신의 출산휴가 동안 매일 바깥에서 자유시간을 갖고 싶다고 말했다. 반려인이 흔쾌히 좋다고 하기에, 재빨리 버스를 타고 좋아하는 카페에 와서 선물 받은 책 『최선을 다하면 죽는다』황선우·김혼비, 문학동네, 2022를 읽었다. 한동안 결핍됐던, 질적으로 충전되는 시간이 무척이나 만족스러웠다. 곧 집에 가서 주어진 과업들을 기꺼이 수행하겠다는 의지가 생겼다. 좋았어!

책에서는 한여름의 무더위를 잘 보낼 수 있는 방법을 알려줬다. "느그, 가마~~~있으므 마 한 개도 안 듭다." 부산 사투리의 맛을 제대로 살린 책 속 문장처럼, 그저 가마~이 선명한 무더위에 굴복한 채 한여름의 짜릿함을 맛보다 보면 어느새 저절로 시원해진다. 더위가 괴로운 나머지 "더워! 너무 덥다고!" 부채질하며 아등거리면 힘이 빠지고 괴로움만 더해질 뿐이다.

한여름, 그렇다. 실제로 무더워지는 계절이기도 하지만 나는 특히나 육아의 한여름 속에 있다. 이 시기를 그리워하는 이도 있다던데, 나는 "대체 언제 커!" 하면서 시원해지지도 않을 부채질만 거세게 해댔다. 태어나기 전부터 아이가 기린처럼 뱃속에서 걸어 나오면 좋겠다고 노래를 불렀고, 어서 빨리 손이 덜 가는 버전의 윤슬을 만나 같이 떡볶이 먹고 와인 마실 날만을 손꼽아 기다렸다. 그러다 오늘 밤, 아이를 품에 안고 오래 바라보다가 단 몇 주 사이에 훌쩍 커버린 아이를 발견했다. 그러고 보니, 크다고 생각해서 입혀보지도 않았던 옷들이 딱 맞았고 넉넉하던 모자 몇 개는 그새 작아져 씌울 수 없었다. 한여름의 푹푹 찌는 무더움이 진득하게 느껴지는 순간 그 계절은 이미 지나가는 중이라는 걸 잊고 있었다.

실로 무더운 날에만 느낄 수 있는 여름의 맛이 있다. 초당 옥수수의 촉촉하고 아삭한 단맛, 여름 밤에 크고 작은 진동을 반복하는 매미 소리, 냉장고에서 갓 꺼낸 차가운 수박, 초록색의 생명력이 터져 나올 것만 같은 강원도의 푸른 숲, 꿉꿉한 장마 때 부쳐 먹는 바삭한 부추전…… (끝없이 나열할 수 있다) 푹푹 찐다고 하소연하다가도 곧 한여름에만 느낄 수 있는 그 맛이 그리워지곤 하는데, 이 시기도 곧 그리움으로 남으리라는 사실이 또렷하게 다가왔다.

또 다른 삶의 균형점

내 석사 논문 주제는 '삶의 균형'이었다. 주제를 선정할 때 지도 교수님은 앞으로 논문을 쓰는 과정이 지난하고도 상당히 고통 스러울 테니 가장 몰두 할 수 있는 주제를 고르는 편이 좋을 거라고 했다. 그렇다, 나는 논문 주제로 채택할 만큼 삶의 균형점을 중요시 여기며 이에 대한 예리한 감각을 지닌 사람이었다.

여기서 잠시 내 논문 얘기를 해봐야겠다. 건강을 위해 우리가 매 끼니마다 '탄단지'를 챙겨 먹는 것처럼 우리의 삶에도 기본적으로 챙겨야 할 몇 가지 욕구가 있다(건강, 관계, 도전, 정체성). 단백질만 잔뜩 먹으면 신체 건강에 적신호가 오듯 한 가지 욕구에만 치우치면 안 되고 여러 욕구들이 적절히 만족되어야 마음의 건강을 유지할 수 있다. 각 욕구들은 하루 일과를 통해서 충족될 수 있는데, 예를 들어 내가 만족할 만큼 잠을 자면 건강 욕구가 충족된다. 내게 중요한 갖가지 활동에 원하는 만큼의 시간을 보내고 있다면 각 욕구가 충족되어 삶이 적절하게 균형 잡힌 상태로 볼 수 있다.

핵심은 나에게 충족감을 선사하는 일상의 일과를 잘 알고,

원하는 만큼 이를 수행할 시간을 확보하는 것이다. 자신의 삶의 균형 수준을 점검하고 싶다면 다음의 두 가지를 떠올려보라. 먼저 당신의 삶에서 중요한 일과는 무엇인지 여러 가지를 떠올려본 후 요즘 각 활동에 원하는 만큼 시간을 보내고 있는가를 점검하면 된다. 너무 적거나 지나치게 많은 시간을 보내고 있다면 불균형한 상태로 본다.◇

　오늘 반려인의 출산휴가가 끝났다. 그 짧은 기간에 나는 원 없이 밖으로 나다녔고 육아를 혼자 하다시피 했던 반려인은 간밤에 몸살을 앓았다. 이제는 당분간 혼자서 이 혹독한 육아를 감당해야 한다. 굳이 논문 얘기를 장황하게 들먹이지 않아도 앞으로의 육아가 내 삶의 균형에 치명적으로 해로울 것은 자명하다. 이를 어쩐다.

　윤슬이 등장하고 내 일과는 큰 폭으로 변화했다. 일상의 대부분을 아이 돌보는 활동이 차지했고 그 일들은 우선순위 최상단에 있음에도 불구하고 마음이 준비되기도 전에 시급하게 휘몰아쳤다. '나'를 먹이고 재우고 씻기고 쉬도록 하는 기본적인 일과가 자연스레 어그러졌고 삶에서 기본적으로 챙겨야 할 주요한 욕구들 역시 단번에 불균형 상태에 이르렀다(이 주제로 논문을 쓰면 뭐하나). 그 일그러짐에 미련을 가지면 현재 삶을 만족스레 영위할 수 없기에, 하루에도 여러 번 괜찮다고 스스로를 다독이며 버텨낼 뿐이다.

◇ Matuska, K., 「Validity evidence of a model and measure of life balance」, *Occupation, Participation and Health*, 32(1), pp.229~37, 2012.

머릿속으로 다시 논문을 살펴봤다. 생의 단계에 따라 우리가 당면하는 과제가 달라지고 삶의 균형점 역시 가변적으로 변한다는 내용도 있었다. 풀어서 말하자면, 나이 들어가며 삶이 요구하는 과제가 변하기 마련이고 그에 맞추어 기존의 균형점 또한 변형되어 또 다른 삶의 균형점에 도달할 수 있다는 것이다.

각 개인에게 삶의 균형이란, 못으로 박은 하나의 점처럼 고정된 것이 아니라 바람에 따라 넘실대는 물결처럼 가변적이다. 취업을 준비하는 자와 임신을 한 자 간에는 '건강' 욕구를 충족할 수 있는 일과가 다르고, 동일한 활동(예를 들어, 잠)이라 하더라도 만족스럽다 여겨지는 총량에 차이가 날 수밖에 없다. 그렇다, 지금 내 삶은 새 물결이 가득 들어찬 것이지 회복할 수 없을 만큼 균형이 무너져버린 것이 아니었다(고 믿기로 한다).

새벽의 고요한 요가 후 송장자세로 쉬는 시간, 라테의 고소한 향을 들이마시는 짧은 오후 시간, 상담과 전혀 관련 없는 책에 둘러쌓인 늦은 밤 시간. 전반적인 불균형 속에서도 이러한 밀도 높은 시간들이 나를 질적으로 채워주었다. 아이를 재운 뒤 조용해진 집에서 반려인과 잔을 기울이며 하루 동안 각자의 노고를 치하하는 시간도 더욱 각별해졌다.

나의 '유흥 메이트'이던 반려인은 짧은 기간에 '돌봄 메이트'로 완전히 탈바꿈했다. 그간 우리 둘은 매일같이 뭐 맛있는 거 먹고 뭐 재밌는 거 볼지 몰두하며 지냈다. 그런 두 사람이 외부의 흥미거리 대신 집에 있는 아기의 매일 다른 변화에 촉각을 곤두세우며 서로에게 "먼저 밥 먹어" "들어가서 좀 자고 와"라는 말을 건넨다. 내 삶에 엄청난 침입자가 등장했음에도 내 삶 자체의 질적인 변화는 크게 느껴지지 않는다. 오히려 그 침입자에 함께 대응하느라 동반자와의 관계가 질적으로 변화했음이 분명하게 느껴진다. 이 점을 떠올리고 나니, 아직도 무섭고 겁나지만 우리 앞에 놓인 나날들을 건강하게 채워나갈 수 있을 것만 같다(고 믿기로 한다).

유전자가 뭐길래

내 유전자를 지닌 생명체를 키우며 한동안 강한 의문에 휩싸였다. 대체 유전자가 뭐길래 다들 이러나. 좋은 순간도 많지만 기본적으로 아이를 낳고 기르는 일은 상당히 고되다. 그럼에도 이를 자발적으로 수행하고자 하는 이들이 많다는 건 이 일이 무척이나 중요하다는 뜻인데, 자기 유전자를 남기는 건 왜 중요한가. 인간 종 전체가 아닌 각 개인에게 자신의 유전자를 남긴다는 게 어떤 의미이기에 모두들 이런 수고를 마다하지 않나. 사람들이 흔히 수긍하는 "너 닮은 아이를 보면 좋잖아"라는 논리가 나에게는 잘 와닿지 않았다.

나 닮은 아기를 직접 키워보면 다른 이들이 말하는 그 이유가 이해되리라 기대해보기도 했다. 막상 겪어보니 나는 내 유전자의 절반을 지닌 이 생명체를 보살피는 에너지로 나만 돌본대도 어지간히 삶이 만족스러우리라는 점이 확실해졌다. '아이를 낳으면 이해하겠지'라는 희망이 사라지자 '아이가 크면 이해하겠지'로 넘어갔다. 직관적으로 유전자와 관련된 책을 읽으면 답을 알게 될까 싶어 『이기적 유전자』리처드 도킨스, 홍영남 옮김, 을유문

87

화사, 2023를 사서 읽어봤지만 더 큰 미궁에 빠졌다. 대체 유전자가 뭐길래.

그러다 윤슬의 대모이기도 한 나의 오랜 벗, A를 오랜만에 만났다. A는 아이를 낳으려 계획 중인데, 자신의 의학적인 가족력을 고려하다 보니 고민이 생겼다고 말했다. 그런 일이 발생하지 않도록 미리 병원에 가서 충분한 상담과 검진을 받고 있지만, 확률상 부모에게 닥쳤던 일이 자신에게도 발생할 수 있지 않겠느냐는 거였다. 아이가 세상에 존재하게 된 이후에 자신이 세상에 부재하는 일이 발생하면 곤란하지 않겠냐고 덧붙였다.

부모가 되기 위해 누구나 이런 고민을 한다. 그의 고민은 응당 해야 할 고민이었다. 그런데 그 이야기를 듣자마자 눈물이 쏟아졌다. A가 부재하는 세상을 잠깐 떠올리는 것만으로도 어찌할 바를 모르는 내가 있었다. 순식간에 'A가 없는 곳에서 내 삶이 온전하려면 이 사람이 지닌 유전자의 절반이라도 이 세상에 있어야 해'라는, 결심 아닌 결심 같은 게 튀어나왔다. "A야. 아이, 꼭 낳아."

그 아이는 A가 아니기에, A와 함께하던 생과 그를 상실해 겪게 될 공허함을 하나도 메꾸지 못할 것이다. 그럼에도 머리가 이해하는 바와 달리, 혹여라도 A가 아파 곧 내 삶에서 사라지게 된다면 나는 A의 유전자 절반을 지닌 그 아이가 없으면 안 되겠다는 아주 의아한 결론에 도달했다. 아니 대체 유전자가 뭐길래.

우리 몸의 원자는 고양이에서 왔을 수도, 태양에서 왔을 수도 있다. 우리가 죽으면 원자로 산산이 나뉘어져 나무가 될 수도 있고 산이 될 수도 있다. '나'라는 원자들의 '집합'은 죽음과 함께 사라지겠지만, 나를 이루던 원자들은 다른 '집합'의 부분이 될 것이다. 이렇게 우리는 우주의 일부가 되어 영원 불멸한다.

죽음은 피할 수 없지만, 죽음으로 모든 것이 소멸된다는 생각에서 벗어날 수는 있다. 죽음 이후에도 우리는 무언가를 남기고 또 무엇이 된다. 먼저 우리에게는 남길 수 있는 것들이 있다. 자녀를 낳는 것은 적어도 나의 유전자 절반을 남기는 일이다. (…) 또한 죽음 이후에도 원자는 남는다. 죽음이란 원자의 소멸이 아니라 원자의 재배열이다. 내가 죽어도 내 몸을 이루는 원자들은 흩어져 다른 것의 일부가 된다. "인간은 흙에서 와서 흙으로 돌아간다"라는 말은 아름다운 은유가 아니라 과학적인 사실이다. 이렇게 우리는 원자를 통해 영원히 존재한다.

김상욱, 『하늘과 바람과 별과 인간』(바다출판사, 2023)

유전자에 대한 의문을 품은 채 책을 읽다가, 갑자기 뿌옇던 무언가가 밝아졌다. 책에서 원소로 이루어진 우리는 죽으면 다시 원소로 돌아가 이 세상의 흐름을 통해 또 다른 무엇이 된다고 했다. 그렇게 우리는 우주의 일부가 되어 영원히 없어지지 않고 계속될 수 있다고 했다.

그렇다면 아마도 나는 부재하는 A, 너를 대신하여 너의 원소로 만들어진 그 어떤 조합이 필요하다 느낀 거구나. 네 몸을 이루던 원자들이 흩어져 무엇으로 재배열될지 아직은 알 수 없으니, 너의 몸, 너의 유전자, 너의 원자로 만들어진 형체인 그 아이를 만나고 싶다는 거였구나. 오늘 숨 쉬는 공기와 아침에 마신 커피와 산책하다 만난 나무에도 네가 있겠지만, 손에 잡히는 명료한 무언가를 통해 안도감을 느끼고 싶었던 거구나.

여전히 '내' 유전자를 남기는 일의 의미는 잘 모르겠다. 그렇지만 내 벗의 유전자가 내게 매우 큰 의미가 있다는 걸 깨닫고 나니, 내 유전자를 남기는 일에도 여태 깨닫지 못한 다른 의미가 있을 수 있겠다 싶다. 이 질문은 더 긴 시간의 흐름에 맡겨야겠다.

나아지지 않을 거라는 위로

청첩장 모임이 있어 오랜만에 밖으로 나왔다. 이동하는 택시 안에서 어릴 때부터 함께해온 친구에게 속마음을 하소연했다. 아이는 너무 예쁜데 언제까지 이렇게 지내야 하나 막막하고, 이렇게 불평이 많다는 사실에 죄책감도 들었다가, 몸도 성치 않은데 감정 소모까지 하는 이 상황이 너무나 억울하다고. 때로는 그 억울함이 감당되지 않을 만치 쏟아져 그 밑에 깔린 기분이라고 말이다. 나보다 먼저 육아를 시작한 그는 내 얘기를 듣고 공감해줬다. "맞아, 억울하지. 나도 그랬어."

그런데 지금 느끼는 억울함은 앞으로 더하면 더했지 나아지지는 않을 거라고(!) 했다. 아침에 눈을 뜨면 아이를 챙겨 출근길에 회사 어린이집에 보내고 퇴근길에 아이를 데려와 씻기고 재우고 육아를 마무리하면 다시 다음 날이 온다고. 그러면 정말이지 내 시간은 없다고. 그리고 덧붙였다. "몸이 점차 회복돼서 지금 너 스스로 정상이라고 느끼겠지만, 나중에 돌아보면 지금은 전혀 정상이 아니고 호르몬의 노예였다는 사실을 깨달을 거야. 너는 아직 완전한 정상이 아니야. 그걸 기억해야 돼." 한동안은 기분이 왔다 갔다 할 수밖에 없고, 그런 마음이 드는 건 당연하다고 했다.

새로운 출발을 앞둔 친구를 축하하고자 모인 자리였기에 우리의 대화는 여기서 끝났다. 이동하는 차 안에서의 짧은 대화였으나 집에 오니 묵직했다. 그렇구나, 지금 내가 느끼는 기분은 싸워서 없애기보다는 인정하고 품어주어야 할 대상이었구나. 억울함이라는 감정이 불편해서 내쫓으려고만 했는데 안아주어야 했구나. 원래의 나는 이런 기분을 훨씬 더 잘 다룰 수 있는 사람인데 지금은 그 힘이 많이 약해진 상태라 더 힘들었던 거구나. 그의 말대로, 시간이 흘러도 상황은 하나도 나아지지 않겠지만 기운을 회복해 더 잘 대처하고 더 슬기로워질 내가 있었다. 나아지지 않을 거라는 말도 충분한 위로가 되었다.

엄마가 잘못되면 어떻게 돼요?

한동네 안에서 갑작스러운 사고로 부모를 잃은 이웃의 소식을 접한 애나는 진심으로 그 사실을 안타까워하며 엄마에게 묻는다. "엄마가 잘못되면 난 어떻게 돼요?" 데이지 수는 딸을 안아주며 대답한다. "나쁜 일은 생길 수 있어. 중요한 건 두려움에 사로잡혀서 삶의 기쁨을 잃으면 안 된다는 거야. 무슨 일이 있어도 네 곁의 수많은 사람들이 널 사랑하고 널 보호하고 네가 버티도록 도와줄 거야." 드라마 <스위트 매그놀리아> 속의 대사다.

그간 부모가 죽을 수도 있다는 가능성에 불안해하는 아이를 다독여줄 만한 멘트를 여기저기서 수집해왔다. 같은 질문에 대한 칼 세이건의 "최선을 다할게"사샤 세이건, 『우리, 이토록 작은 존재들을 위하여』나 신형철의 "죽어도 죽지 않을게"신형철, 『인생의 역사』, 난다, 2022라는 대답도 좋았지만, 지금은 "네 곁에는 너를 버티게 할 사람들이 있다"는 데이지 수의 말이 제일 마음에 든다.

그런데, 난 왜 이런 멘트들을 수집해왔던 걸까.

아이는 시도때도 없이 울지만 그 울음은 각기 다르다. 거짓으로 소리만 내며 그저 관심을 끌려는 울음도 있고, '나 이만치 깊은 곳에서 혼자 두려워하고 있으니까 구해달라고!' 하는 절박한 울음도 있다. 그런 울음소리를 듣고 아이에게 달려가 눈을 응시하면, 검은 눈동자에서 그가 얼마나 깊숙한 곳에 있는지 느껴진다. 그 울음에는 묘하게도 공간감이 담겨 있다.

그럴 때면 가끔 두렵다. 지금은 내가 아이를 당장 안아서 달래는 것이 어렵지 않은데, 혹시 내가 안아줄 수 없는 곳에서 아이가 이렇게 혼자 울면 어쩌지. 두렵기보다는 끔찍하다는 느낌에 더 가깝다. 절대 그런 일이 발생하지 않기를 바라는 마음으로 보험이라도 들고 싶다. 저런 멘트를 수집하는 건 그래서인지도 모르겠다. 아이를 다독이겠다는 명분으로 나를 다독이는 것이다.

내가 20대에 접어들 무렵, 갑작스러운 사고로 친엄마가 병원에 입원했고 오랜 투병 끝에 허망하게 떠나갔다. 삶은 예측 가능한 곳이고 나는 안전하게 보호받고 있다고 여기며 살아왔는데 그게 다 착각이었다. 느닷없는 엄마의 부재로 한동안 망연자실한 채 세상에서 내가 안전하다는 감각을 잃어버렸다. 그 와중에도 학교에서 수업을 들었고 시험을 보고 면접을 위해 정장을 샀다. 오로지 졸업과 취업 준비에만 몰두하며 그 시기를 버텨냈다. 엄마를 잃은 상실에 몰두하면 바람에 모래알 날리듯 힘없이 무너져내릴 것만 같았다. 엄마가 없어도 괜찮은 삶을 일궈내야 했다. 밥벌이를 스스로 해내는 사람이 되면 좀 나아질 것만 같았다. 엄마도 이렇게 떠나갔는데, 내 삶에 중요한 것들을 더는 만들고 싶지 않았다.

그렇게 견뎌낸 결과 나의 일부는 아주 오랫동안 무감각했고 딱딱했고 퍼석했다. 아무런 색채도, 물기도, 생명도 없었다. 그 저 숨을 쉬는 것만으로 벅찼다. 그런 내가 삶의 기쁨을 영영 외 면하지 않도록 끊임없이 귓가에 속삭여준 사람들이 있다. '이것 좀 봐, 저것도 좀 보고.' 그들의 보호 덕에 나는 무너지지 않았 고 다시 물길을 트고 싹을 내리고 감각을 되찾았다.

나에게 뿌리를 내리고 자라날 이 아이에게 나는 최대한의 햇 빛과 물길을 제공할 터이지만 그 양분에는 한계가 명확하다. 그 래도 괜찮다. 이는 두려워할 일이 아니다. 윤슬이 역시 내가 그 래왔듯 자신을 사랑하고 보호하고 버티도록 도와줄 사람들을 곁에 두게 될 테니까. 그들에게 의지하고 또 앞으로 걸어가는 법을 배우게 될 거니까.

상담사로서 건네던 말

상담이 업인 나는 우울하거나 화가 나거나 불안한 감정을 느끼는 것이 더는 힘에 겨워 견딜 수 없는 이들에게 이렇게 말해왔다. "지금의 감정들이 마치 나를 괴롭히는 것처럼 느껴지지요. 차라리 감정을 느끼는 스위치를 꺼서 이 감각을 없애고 싶다는 생각마저 들 거예요. 하지만 이 모든 감정들은 우리에게 중요한 걸 알려주고 있어요."

그런 뒤 안전한 상담 환경 안에서 그 감정을 느끼고 소통하며 지낼 수 있도록 안내한다. 우울감을 느끼는 이와는 그가 상실한 소중한 무언가를 같이 떠올리며 그리워하는 시간을 갖는다. 그게 얼마나 그에게 귀했는지, 어떤 의미였는지, 더 이상 그것이 존재하지 않는 이 생과 다시 관계를 맺으려면 무엇이 필요한지 함께 나눈다. 내 안에 생긴 구멍을 다시 메우려면 그 구멍이 어디에, 어떤 크기로 있는가를 먼저 알아야 한다. 우울감은 우리를 축 처지게만 하는 것이 아니라 내게 발생한 상실을 애도하는 계기를 마련해주기도 한다.

화를 조절하기 어려운 이와는 내 안에 있는 위험 알람 시스

템에 주의를 기울인다. 내가 설정한 경계선을 누군가 침범하여 위험하다는 알람이 울릴 때, 우리는 불과 같은 화의 기운을 동력 삼아 나를 보호하는 행동을 실천한다. 이는 화가 지닌 긍정적이고 적응적인 기능이다. 그러나 화를 조절하기 어렵다는 건 이 시스템에 오류가 발생하여 작은 사건에도 과잉으로 반응하고 있다는 의미다. 어찌하여 오류가 발생했는지 살피고 위협적인 자극에 효과적으로 대응하는 방법을 모색하다 보면, 나에게 안전한 환경을 조성할 수 있다.

부정적 감정은 우리를 고통스럽게 만들기에, 이를 느끼는 건 마치 손해 보는 것 같기도 하다. 그럼에도 이를 느껴야 하는 이유는 분명하다. 내가 좋은 삶을 사는 데 도움이 되니까. 삶에서 중요한 것을 잃거나 잃을 것만 같은 위협이 생길 때, 이러한 감정들은 느닷없이 등장해서는 우리를 고통스럽게 만들지만 동시에 이 고통으로부터 벗어나도록 우리를 종용하여 상황을 변화시키고 자신을 보호하게끔 만든다. 그러므로 어떤 감정이든 우리는 그것과 교류하며 그 힘을 잘 활용해야 한다. 삶에서 무엇이 중요한지 안내하는 감정의 스위치는 끄면 안 된다. 내게는 이 감정들이 우리를 강력하게 지켜준다는 오랜 신념이 있었다.

그러한 신념이 나를 굳세게 지켜줬으면 하는 요즘, 도리어 이 감정 스위치를 꺼버리거나 아예 뜯어버리고 싶은 지경이다. 하루하루 불평 없이 무던하게 일과를 수행하고 싶은데, 이만하면 괜찮다 싶다가도 다음 날 별 것 아닌 일에도 마음이 토라진다. 특별한 이유 없이 눈물이 나고 이를 조율된 언어로 전할 에너지가 없어서 그저 입을 다문다. 고통스럽다는 내적 사인을 알아차리기만 할 뿐 당최 어떤 의미로 풀어야 할지 몰라 길이 막혔다. '감정이고 신념이고 나발이고' 아무것도 더는 느끼고 싶지 않다.

상담자인 나를 여기 데려와 차분하게 생각해보자. 지금 이 고통으로부터 벗어나기 위해 상황을 변화시킨다면 대체 뭐부터 해결할 수 있을까? 100일도 안 된 아기는 협상의 대상이 아니고, 반려인은 자신이 할 수 있는 것 이상으로 충분히 애를 쓰고 있다. 이미 자신의 임무를 완수한 부모를 내 세대의 돌봄노동에 개입시키고 싶지도 않다. 나는 이 감정을 대체 어떤 '의미 만들기'로 전환해야 하는가. 그간 공부해온 치료적인 지식들이 무용하다 느껴졌다.

멀뚱하게 드라마를 보던 중 어느 장면에서 내가 상담자로서 의미 있게 건네오던 말이 들려왔다. 리모콘을 집어 들고 앞으로 돌려 그 장면을 집중하여 다시 봤다. 유능한 변호사인 헬렌은 뒤늦게 아이를 갖기로 결심하지만 산부인과 의사로부터 이 계획이 어려울 것 같다는 답변을 듣는다. 고통스러워 눈물을 흘리는 헬렌에게 의사는 말한다. 당신이 통제할 수 없어 무력감을 느끼는 이 상황은 "뜻밖의 재능을 발견하는 경험"이자 "있는 줄 몰랐던 힘이 드러나 놀라게 될" 계기일 것이라고 말이다 넷플릭스, <스위트 매그놀리아>.

상담을 처음 시작할 때, 나는 내담자에게 앞으로 함께 할 과정을 이렇게 소개한다. "우리는 당신 삶의 여러 순간 중에서도 아주 고통스럽기에 쳐다보고 싶지 않은 시기와 만나게 될 거예

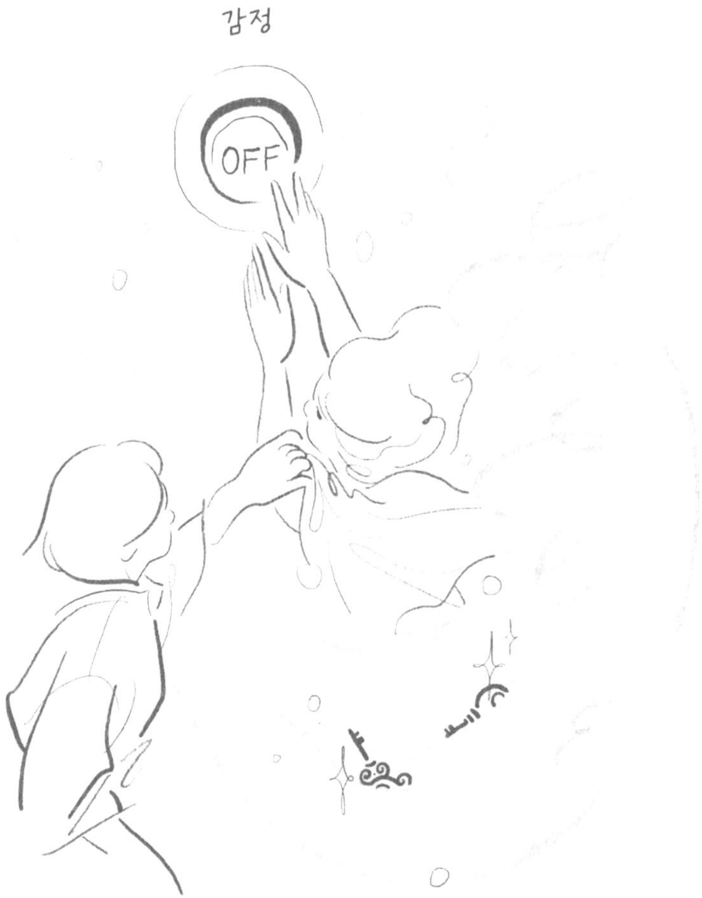
감정
OFF

요. 안전한 공간에서 저와 함께 천천히 그 시기를 다시 살피다 보면, 힘들어하느라 그간 미처 알아차리지 못했던 당신의 힘을 발견하게 될 겁니다. 그 시기를 거치면서도 당신이 파괴되지 않도록 당신을 이제까지 지켜온 그 힘을 우리는 만나러 갑니다."

소개를 마치고 상대를 바라보면, 대체로 좋은 말인 듯하기는 한데 하나도 와닿지 않는다는 기색이다. '이게 무슨, 힘 같은 소리야?' 그러면 나는 당신 역시 이 힘을 발견하게 될 것이니 지금은 이해 못해도 괜찮다는 표정을 짓는다. 좌절에만 집중하면 느낄 수 없던 그의 강인함을 우리가 함께 발견하게 되리라는 믿음이 내게는 단단하기 때문이다. 상담을 종결할 때면 처음 우리가 나눴던 말이 이제야 이해된다는 말을 듣곤 한다.

이제야 오랜 신념이 다시금 떠올랐다. 우리는 어떤 좌절을 겪든 자신에게 가장 좋은 선택을 하려 노력하는 존재이기에, 자신을 고통 속에 방치하지 않으려 애쓰는 과정에서 크나큰 능력이 발현된다는 믿음이었다. 이를 조금도 의심하지 않는다고 내담자들에게 수없이 말해왔던 그 기억도 같이 되살아났다. 내뱉은 말들을 다시 주워담을 수 없으니 이제는 그 말을 살아가기로 다짐해야 할 터였다. 내가 타인에게 가져왔던 그 믿음을 나에게 가져보기로 한다. 지금의 견딜 수 없는 무력감은 내가 그토록 말해온 "있는 줄도 몰랐던 힘이 드러나 놀라게 될" 계기가 되리라는 걸 말이다.

봄봄이를 배에 품던 때, 나는 비록 끝단으로 내몰리더라도 그 시간을 내 창조력과 생산성을 발휘하는 계기로 삼겠다고 다

짐했다. 그간 활용되지 못한 내 재능과 힘을 발견하고 놀라게
될 시간. 아, 그게 바로 지금인가 봐. 치열하게 이 시기를 보내고
난 뒤 돌아보면, 나는 굉장한 힘을 얻게 될 터였다.

우리 사이의 실

아기가 한 번 웃어주면 고생스러운 건 다 잊히고 힘이 난다고들 했다. 아이와의 관계에서 느껴지는 충만감은 이 모든 고생을 다 메꿔줄 만큼 강력하다고도 했다. 당연히 그럴 거라 믿었고 아이가 주는 기쁨은 내게서도 생생하게 빛났다. 그러나 고통을 모조리 상쇄해줄 만큼은 아니었다(또 속았다). 그럼에도 이 모든 고통을 담보로 크나큰 보상 하나를 얻었는데 그건 아이와의 관계가 아닌, 나의 오랜 지인들과의 관계에서였다. 나는 이들 덕분에 이를 악물고 홀로 버텨낸 것만 같던 고생길도 다 사람이 살면서 겪는 일들 중 하나로 여길 수 있게 되었다. 먼저 간 이들이 무던히 견디면서 강해지는 걸 보고 조금 더 용기를 낼 수 있었다. 이 모든 건 나의 오랜 지인들 덕분이다.

한동안 내게 아이 키우는 친구들의 삶은 그저 다른 차원의 이야기였고 강 건너의 일이었다. 수영을 배운 적이 없으니 강을 건너기는 좀 어렵지 않겠냐며 딴청을 피웠다. 내가 원하지 않는 삶을 억지로 방문하고 들여다보아야 한다는 느낌에 외면하고 싶은 마음이 컸던 것이다. 삶을 확장해가는 친구들에게 나는 다가가지 않았다. 그러느라 내게 소중한 이들이 어떤 일상을 보내는지, 어떤 감정을 겪어내는지 미처 그려보지 못했다.

아이를 갖기로 결심하고 나서야 M의 집에 놀러가 그의 아이를 만났다. 이미 다른 지인들은 다 방문하고 꽤 시간이 흐른 후였다. 현관문을 열고 들어가자 예전 집들이 때와는 사뭇 달라진 풍경부터 눈에 들어왔다. 화장실에는 아기 욕조가, 주방에는 쌓여 있는 분유통이, 거실에는 알록달록한 장난감이 자리했다. 매트에 누워 있던 아이는 잠들 시간이라 졸려 하면서도 꺄르르 웃으며 나와 잘 놀아주었다. 그렇게 나의 마음 준비와는 무관하게 무럭무럭 자라나는 아이를 그저 바라보았다.

M은 방에 들어가 아이를 재우고 나온 뒤 같이 저녁을 먹으며 말했다. 다른 친구들과 있을 때, 혹시 내 마음이 편치 않을까 싶어 대화 주제로 아이 얘기가 나오지 않게 조심한 적도 있다고 말이다. 친구들이 이를 신경 쓰고 있으리라는 걸 짐작조차 못했기에 뒤늦게 미안한 마음을 전했다. 작고 협소한 내 마음이 M의 삶에 나타난 큰 변화를 축복할 기회를 앗아갔다.

가깝고 중요한 이와는 서로의 삶에서 발생한 큰 변화를 함께 마주한다. 각자의 속도나 위치가 달라 당장은 서로의 경험에 공감하기 어려울 수도 있다. 그럴지라도 보폭을 조율해 곁에 머무르며 나란히 나아간다. 그렇게 한 세월을 함께 견뎌왔다는 단단한 연대감을 공유한다. 나는 이 관계가 중요하다 말하면서도 내 책임을 다하지 않았다. 고개를 돌리고 안전한 내 마음의 방 안에만 머물렀다. 임신이라는 결정을 주체적으로 선택하고 나서야, 내 공간이 발붙이기도 어려울 만치 좁아졌다는 걸 알아차릴 수 있었다.

임신 후 지인들이 쓰던 물품과 함께 그들이 삶으로 터득한 지혜도 물려받았다. 뭐가 필요하다고 판단하기 이전에 알아서 빈 곳이 채워졌다. 첫째로 태어나 많은 걸 혼자 해냈던 나로서는 먼저 가본 이들이 닦아준 길을 그냥 걷기만 하는 호사를 누리는 게 짜릿했다. 나보다 늦게 임신한 지인들에게는 내 경험도 자그맣게 나눌 수 있게 되었다. 주 수별로 무엇을 걱정하는지 알기에 도움이 될 만한 내용을 공유했다. 지인들의 점차 확장되어가는 삶에 자연스레 내 자리를 찾아 참여했다. 그들 역시 나의 확장된 삶에 마땅히 제자리를 잡아 편하게 머물렀다.

'너희도 다 이걸 느껴왔던 거구나……' 강을 건너자 그들이 마주하는 경험, 기분, 느낌 하나하나를 몸소 이해하며 나눌 수 있게 되었다. 이제야 비로소 나와 비슷한 과업을 이미 해냈고, 해내는 중이며, 앞으로 해낼 예정인 이들의 삶을 제대로 마주할 수 있었다. 물론 결혼 또는 양육을 선택하지 않는 이들의 소중한 다짐까지도 말이다. 그제야 나의 오랜 지인들과 나 사이를 잇는, 그간에는 보이지 않던 실이 또렷하게 보이기 시작했다. 임신과 돌봄의 수확 가운데 이런 것이 있으리라곤 전혀 예상하지 못했다. 내가 감당해야 할 고통이 얼마나 크든 이 실을 볼 수 있게 되어 무척이나 다행이었다.

변화라는 소용돌이에 걸려 허덕이면서도 계속 앞으로 걸어가는 친구들, 혹은 영 용기가 나지 않아 제자리걸음하는 친구들, 또는 자유롭게 다른 관심사에 몰두하는 친구들. 그 모든 마음속에 과거와 현재와 미래의 내가 있다. 이 시기를 같이 통과하며 발달 과제를 함께하는 친구들이 있어 얼마나 다행인가, 이들 모두를 향한 응원이 가슴 깊은 곳에서 샘솟는다. 뒤늦게 고백하지만 애들아, 너희와 함께 내 삶의 지평을 넓힐 수 있어서 참말로 좋다. 앞으로도 계속 고마워 할거야, 땅큐!

그 짬바는 어디서 오는가

윤슬을 재우려고 안아서 자장가를 부르던 중에 갑자기 목이 막혔다. 목구멍에 올라오는 뜨거운 김을 시히느라 노래를 부를 수가 없었다. 지금 이 눈물은 난데없는데. 재빠르게 스캔을 시작했다. 최근 내 마음이 출렁거릴 일이 있었나? 없었다. 잠과 밥이 부족한가? 아니다. 월경 기간인가? 놉. 그저 여느 때와 같은 일상일 뿐인데 나는 자장가도 부를 수 없을 만큼 취약해진 거였다. 전문가의 도움이 필요한 상태라고 판단되었다. 도저히 안 되겠다 싶어 상담선생님을 다시 찾아갔다.

작년 임신 초기에 마지막으로 뵙고 거의 15개월 만의 상담이었다. 선생님은 오랜만에 만난 내게 물으셨다. "그래 지금 임신 몇 개월이지?" 아니, 선생님. 애기는 제 배 밖에 있습니다만······ 근황을 간략히 설명하곤 자장가를 부를 수가 없어서 상담하러 왔다고 얘기했다. 그러자 무엇이 너를 고통스럽게 하냐고 집요하게 물어보셨다. 출산하고 얼마 안 되었다 하면 다른 사람들은 그냥 알아서 '힘들겠구나' 하는데 상담 선생님은 아니었다. 무엇이, 왜, 너를 고통스럽게 하느냐고 깊이 파고들었다.

생각나는 대로 한참을 얘기했다. 아기는 지금 엄마가 잠이 오는지, 배가 고픈지, 체력이 다했는지 묻지도 따지지도 않고 내게 마음껏 울고 투정을 부린다. 그것은 어린아이의 당연한 도리이고 이를 받아주는 것은 어른인 나의 역할이다. 성실히 수행해내겠다고 다짐하는 나의 머리와 달리 이를 실천해야 하는 몸과 마음은 슬슬 벅차다. 아이와의 생활이 버거울수록, 스스로 소화하기 어려운 감정이 느껴질수록 나도 나의 벅참을 받아줄 대상이 필요했다. 나도 아이처럼 예의를 차리지 않고 힘들다고 마음껏 토로하고 투정할 부모가 필요했던 거다. 그런데 이이가 생기자, 오히려 내 부모에게도 이래저래 마음이 쓰여서 아이처럼 떼를 쓸 수가 없었다. 이제 어른이 된 내가 알아서 해내야 할 것만 같았다. 여기서 묵히고 저기서 참느라 고단해진 마음이 터져나왔다. "저도 윤슬이처럼 누군가에게 마음껏 힘들다고 도와달라고 소리치고 싶었나봐요."

  상담이 끝나고 집으로 돌아와 아이를 대신 봐주던 엄마(내겐 나를 지극하게도 생각해 주시는, 몹시도 애정하는 엄마가 한 분 더 계시다) 아빠에게 참았던 속내를 털어놓았다. 귀기울여 듣고는 혼자서 애쓰려 하지 말라며 이해해주셨다. 오랜만에 감정을 많이 써버린 탓에 기진맥진했으나 묵은 감정이 풀렸다. 부모님이 귀가하신 뒤 고된 몸으로 아이를 재우고 상담 중에 들었던 질문을 다시 곱씹어보았다. 그래, 무엇이 고통스럽더냐. 뭐가 네 고통이고, 그 고통 안에 뭐가 있더냐.

  체력이 바닥나고 그럴 만한 기분이 아닐 때에도 끊임없이 누군가를 돌봐야 한다는 게 고통스러웠다. 결국 나는 나를 희생시키기 싫은 거였다. 근데 이건 '노 빠꾸'. 아이를 다시 뱃속에 집어넣을 수는 없다. 지속적으로 나를 갈아넣을 수밖에 없는 상황에 놓이니 빈번하게 성질이 나고 무력했다. 나는 나를 끔찍이도 아끼기에, 나를 소진하게 만드는 모든 것이 밉고 화났다.

그런데 소진되면 안 되는 이유는 또 뭔가. 왜 내가 소진되는 게 고통인가. 일에 집중하던 때에는 내가 소진될수록 내가 그려온 상담자의 모습에 가까워졌고, 그 모습에 다가가는 유일한 방법이었기에 내심 반기는 마음마저 있지 않았다. 나의 업을 무엇보다도 귀하게 여기던 나로서는 바라는 상담자의 모습에 가까워질 수 있다면 고통이 얼마큼이든 감당해낼 만한 가치가 있었다. 이와 달리 아이를 키우며 내가 삼킨 한숨과 참아낸 인내심은 나에게 쌓이는 것이 아니라 그저 치러낸 비용으로만 느껴졌던가 보다.

그동안 운 좋게도 수많은 선배 상담자들을 보며 좋은 상담자란 어떤 모습이고 이를 위해 내가 갖춰가야 할 역량이 무엇인지 배울 기회가 많았다. 그렇지만 어떤 부분은 넘을 수 없는 사차원의 벽처럼 느껴졌다. 저 교수님은 작은 목소리로 "음……"만 해도 치유적인 분위기가 형성되고, 저 교수님은 그저 고개를 위아래로 끄덕이는 자체만으로 위로가 된다. 핵심적인 치료 효과가 바로 저기서 나오고 있는데! 저건 어떻게 배워야 하나. '아, 짬바 연륜, 노련미가 다른데……' 나보다 더 오랜 삶을 살아내고 무수한 좌절을 견뎌온 그들의 연륜은 고작 이 정도 세월을 살아온 내가 따라하려 해도 따라할 수가 없었다.

그렇지만 이제는 알 것 같다. 그 연륜이란 건 꼭 상담 경력만을 요하는 게 아니라는 걸, 육아를 하며 지난 달 내가 삼킨 눈물, 오늘 참아낸 인내심, 또 내일 흘릴 땀방울이 차곡차곡 쌓여서 나온다는 걸 말이다.

세라 룰은 말한다.

처음 내가 쌍둥이를 임신했을 때, 삶에서 갈등만 보였던 적이 있다. 연극과 부모됨을 바라볼 때면 둘 사이에는 전쟁과 충성 경쟁만 있는 것 같았고, 작가로서 내 삶은 끝났다는 생각이 들었다. 아이들이 나를 말살하고 있다고 느껴질 때도 많았다. 결국 이런 생각까지 하기에 이르렀다. 그래, 나를 아주 죽여라. 그래 봤자 그 자아도 가짜니까. 이렇게 생각하고 나자, 한숨을 돌릴 수 있었다.

줄리 필립스,『나의 사랑스러운 방해자』
(박재연 외 옮김, 돌고래, 2023)

그래, 내 앞에 놓인 게 뭐든 나를 아주 죽여봐라. 그래 봤자 그 자아도 가짜고, 나는 굉장한 짬바를 키워갈 테니까. 이렇게 생각하고 나자 한숨을 돌릴 수 있었다. 나에겐 상담 수련만으로는 기를 써도 키울 수 없는 굉장한 짬바가 생길 예정이다.

악력 다지기

아득바득 꾸역꾸역 책을 읽는다. 평소에는 큰 관심 없던 과학 책을 유독 끼고 지내는데, 당최 이해를 못해서 과학 강연까지 찾아본다. 아침 댓바람부터 커피를 내려서 육아 중간중간 쉬는 시간마다 우주는 어떻게 시작되었는지 설명을 듣지만 하나도 납득하지 못한다. 한편으로는 덧없고 대체 뭘 한다고 이렇게까지 하나 하는 심정이지만 계속 읽고 본다. 차라리 이 시간에 잠을 자는 게 낫지 않겠어? 하는 목소리도 어디선가 들린다. 하지만 살려면 읽어야 할 것 같다. 아이가 잠들면 슬며시 문을 닫고 또 다른 책을 펼친다.

> 뼈? 사골? 설마 직접 사골을? 그랬다. J는 사골을 물에 담가 몇 시간에 한 번씩 몇 번이나 물을 갈며 열 시간 동안 핏물을 뺐고, 그 사골을 깨끗이 씻은 후, 20시간 넘게 네 차례에 걸쳐 사골국을 우려냈다. (…) 사골을 처음 우려보는 J가 중간중간 헤맨 것까지 셈하면 육수를 만드는 데에만 거의 이틀이 걸렸다. 미쳤어 진짜. 게다가 가스 불을 켠 채 자는 게 불안해서 타이머를 맞춰놓고 자다 말고 확인하고 자다 말고 확인하

느라 J는 이틀간 거의 못 잔 것 같았다. 미쳤어…… 진짜……

"나 좀 쩔지! 너 이거 먹으면 기운 확 날 걸?"

김혼비, 『다정소감』(안온북스, 2021)

김혼비 작가의 책은 잠을 줄여가면서 읽을 가치가 있다. 그 중에서도 사리곰탕면을 만들어주겠다고 사골의 핏물부터 빼기 시작하는 '진짜 미친 사리곰탕면' 편은 기가 막히다. 누군가 자신을 응원하는 마음으로 이틀 내리 끓인 사골국물을 마시자, 몸속을 세차게 흐르는 뜨겁고 진한 국물이 심장에 박혀 있던 비난의 가시들을 뽑아낸다. 마음의 틈새에 눌러붙어 있던 자괴와 절망이 녹아내리고 '너는 누군가가 이틀을 꼬박 바쳐 요리한 음식을 기꺼이 내어줄 정도로 소중한 존재야'라는 메시지가 대신 자리잡는다.

나도 사리곰탕 한 사발을 얻어먹은 것 같은 기분을 느끼다가, 갑자기 그간의 내가 왜 그렇게 아득바득 읽을 수밖에 없었는지 이해가 됐다. 과학으로 볼 때 원자로 구성된 우리는 당신이 앉아 있는 그 의자와 별 다를 게 없고 김상욱, 『하늘과 바람과 별과 인간』, 또 결국 내 유전자가 허락하는 범위 이상을 벗어나지 못한다 리처드 도킨스, 『이기적 유전자』고 한다. 여기까지는 그저 허무하기 짝이 없는 이야기다.

내게는 이 다음 영역이 중요했다. 원자든 유전자든 뭐든 결국 우리는 사는 동안 당면하는 고통을 다스릴 방법을 찾아내야 한다. 고통으로부터 나와 사람들을 방치하지 않는 선택들을 쌓아가야 한다. 삶에서 고통은 피할 수 없기에, 없던 힘까지 짜내어 계속 애써보더라도 지쳐 떨어질 것만 같은 순간은 필연적으로 찾아온다. 생에 고통이 이렇듯 기본값이라면 이를 받아들일 태도가 몹시도 중요하다. 그런 삶도 괜찮을 거라고 위로하는 목소리, 다시 한번 용기를 내도록 만드는 다정한 이야기, 이를 잘 품고 소화시키는 일상이 나에겐 너무나도 필요했다.

자다가도 깨서 사골국을 끓이는 수고를 마다하지 않는 건 이 국물을 마시고 기운을 낼 누군가를 떠올리면 그냥 그러고 싶어지기 때문이다. 수고롭고 고통스러운 삶일지라도 그걸 다 이겨내고 더 큰 가치를 만들어낼 수 있다는 다정한 위로가 듣고 싶었다. 결국에는 너와 내가 지닌 다정함으로 우리는 서로의 상처를 보듬고 거친 이 생애를 잘 견뎌내리라는 희망을 품고 싶었다.

김혼비 작가는 말했다. "다정한 패턴은 마음의 악력도 만든다."고. 누군가는 헬스장에서 무게를 치며 체력을 만들지만 나는 책을 펼치며 마음의 악력을 만든다. 갈수록 강해지는 악력으로 나는 이 고통들을 곱씹어 삼키고 더 다정한 이야기를 만들어낼 수 있을 것이다.

너를 재우며

세 번의 낮잠과 한 번의 밤잠. 너를 품에 안고 방안을 거닐며
엄마는 〈섬집 아기〉 노래를 불러. 매번 너에게 어서 편안한
잠이 찾아오길 바란다는 소망을 담아 극진하게도 부르지.
엄마에게 기댄 너의 몸에 힘이 툭 하고 풀릴 때까지 1절을
부르고 2절을 부르고 반복해서 노래해. 그런데 이 가사는
부를 때마다 내 마음을 울리네.
아기를 혼자 집에 두더라도 굴을 따러 갈 수밖에 없는
엄마의 마음(여기부터 감정선이 오르기 시작). 그럼에도
바다 소리를 자장가 삼아 곤히 잠이 든 기특하고 대견한
아가(혼자 잠들다니, 갸륵하고 부럽다). 갈매기 소리에
아기가 눈에 밟혀 굴 바구니를 다 채우지도 못한 채
모랫길을 달려오는 엄마의 발걸음(엄마가 걷는 길은 왜
죄다 모랫길이냐). 매번 부를 때마다 그 풍경이 눈에 선하게
그려져.

나중에 윤슬이가 혼자 잠에 들 때, 엄마가 이 자장가를 통해
네게 전하고 싶었던 평안함이 함께 하기를. 네 귓가에서
불렀던 자장가의 음률, 엄마의 체온, 너를 안고 토닥토닥
했던 작은 진동, 어두운 방에 커튼 틈 사이로 비치는 햇살.
이 모든 것들이 네 불안한 마음을 달래주기를. 오늘도
마음을 가득 담아 정성스레 자장가를 불러줄게. 포근한
잠이 너에게 쏟아지도록.

죽지 않을게

너를 낮잠 재우고 엄마 아빠는 유튜브 영상 하나를 같이 봤어. 엄청 유명한 물리학자랑 생태학자 두 분이 죽음을 주제로 이야기를 나눈 내용이었거든.[◇] 보고나서 자연스럽게 네 아빠에게 "죽음에 대해 생각해?"라고 물었어. 현재로는 별 생각이 없지만 자신이 죽을 가능성을 떠올리면 두려워질 것 같다고 하더라. 엄마는 나라는 사람이 죽는 것보다, 내 죽음을 받아들이게 될 주변 사람들이 더 염려된다고 했어. 내가 죽는 건, 괜찮아. 내가 죽으면 두려움과 고통을 경험할 당사자가 사라지는 건데, 그러면 내 원자들이 또 이 지구에 남아 잘 지내겠지 뭐. 그건 괜찮은 것 같아. 그런데 나와 관계를 맺은 사람들이 나의 부재를 통해 경험할 고통은

◇ 유튜브 〈최재천의 아마존〉 채널, '물리학자와 생태학자가 생각하는 죽음? 김상욱과 최재천의 만남'. https://youtu.be/YTZ0mxNZWX0 ?si=z88ir8tiBAJzTOio

괜찮지가 않네. 이상해. 그게 마치 내 것처럼 느껴져. 내가
죽더라도 나의 연장선인 무엇인가가 이 삶에 남아서 그
고통을 겪어낼 듯이 말이야. 가만히 떠올리면 속상하더라.
죽은 뒤에는 기독교에서 말하듯 하나님을 뵈러 천국에 갈
수도 있고 불교에서 말하듯 윤회하여 새로운 생으로 다시
태어날 수도 있지만, 뭐가 됐든 죽음은 궁극적인 평안함과
연결되어 있을 거라고 엄마는 그냥 본능적으로 느껴. 우리가
떠나왔던, 그리고 출발했던 곳으로 다시 귀결하는 거니까.
그런데 나와 연을 맺었던 사람들이 내가 사라진 뒤 경험하게
될 건, 뭐랄까, 질 좋은 형태의 그리움일 수도 있지만 살을
파고드는 허기와 추위일 수도 있다는 생각이 나를 두렵게
해. 나의 작은 공룡, 작은 병아리, 윤슬이에겐 엄마의 부재를
충분히 대비할 시간이 주어질까. 우리가 아주 운 좋게
자연의 순리대로 숨을 거두게 된다면, 아마도 윤슬이는
엄마의 부재를 경험할 수밖에 없을 텐데. 우리 둘이 충분히
그 가능성에 대해 이야기를 나누고 서로의 염려를 다독일
시간을 확보할 수 있을까.
책을 읽다가 자신을 사랑하지 않는 부모는 아이에게
가해자가 되고 말 거라는 무시무시한 문장을 만나 잠시

멈췄어. 이 저자는 아이가 태어나면 부모는 아이만이 아니라 자기 자신도 마치 두 손으로 새를 쥐는 것처럼 다뤄야 한다고 말해. 작디 작은 새를 보호하기 위해 두 손으로 새를 감싸안지만, 외려 그 손으로부터 새가 다칠 수도 있으니 조심하고 또 조심해야 하지. 부모가 된다는 건 이렇게 굉장한 다짐을 하게 만드는 일이었네. "아침저녁으로 각오할 것이다. 빗방울조차 두려워할 것이다. 그러므로 나는 죽지 않을게. 죽어도 죽지 않을게."_{신형철, 『인생의 역사』}

장마가 시작되고 창밖에는 며칠째 비가 주룩주룩 내리고 있어. 엄마는 빗방울조차 두려워하는 자가 되겠다는 각오를 되새기며 아침을 시작해. 죽어도, 죽지 않을게.

장엄함의 맛

요즘 엄마는 사람들을 만나면 육아가 힘들다는 말을 가장
많이 해. 근데 오해는 말아줘. 이건 엄마가 약해서도, 네가
있는 삶을 바라지 않아서도, 네가 힘들게 하는 아이여서
그런 것도 아니야. 그건 절대로 아니야. 단지 이건 고추는
원래 맵고 소금은 원래 짠 거랑 비슷해. 그냥 원래 그런
맛까지 나는 거라서 그래. 그리고 우리 사회가 엄마를
더 힘들게 만들며 돌아가기도 해. 때로는 거기에 화를
내지만 때로는 받아들이기도 해. 상처가 아물 만큼 싸우고
부러지지 않을 만큼 받아들여.
엄마는 요즘 과학책을 공들여 읽고 있어. 육아가
힘들다면서 육아책은 안 보고 말이지. 잘 알지도 못하고
이해도 어려운, 원소나 유전자 따위 얘기가 나오는
과학책은 당최 왜 읽는가, 왜 마음이 자꾸 이리로 향하나,
한동안은 잘 몰랐었는데 말이야. 아마도 겸허하고 지혜롭게

살아가는 방법을 배우고 싶었던 것 같아.

과학적 설명을 거치면 우리의 생이, 그리고 우리의 연이
얼마나 감탄할 만한지 그 장엄함이 한층 더 와닿아. 말도 안
되게 미세한 원자들이 뒤섞여 자기복제가 가능한 생명체가
만들어졌고, 엄마와 아빠의 어떠한 유전자 교차에 의해 네가
만들어졌어. 그 말도 안 되는 확률을 거쳐 우리의 연이 닿은
거지. 현재의 과학으로도 설명이 불가한 어떤 이유들로 인해
우리는 이곳에서 만나 함께 숨 쉬고 있어. 대단하지 않니.
그렇게 감탄할 만한 삶일지라도 고통은 도처에 존재해.
엄마는 그 고통들에 계속 걸려 넘어지고 자빠져 울기도 하고
말이야. 근데 엄마는 말이야. 거기서 더 나아가는 사람이
되고 싶어. 존재하는 고통을 외면하지 않고 직시하되,
존재하는 삶의 장엄함 역시 마음껏 누릴 수 있는 사람으로
말이야. 엄마는 매일 이런 다짐을 해.
이 생애는 장엄함과 고통이 함께 뒤섞여 있어. 고통에
압도되면 우리 생에 놓인 장엄함을 놓치기가 쉬워. 그렇지만
장엄함은 사방에 깔려 있단다. 자연의 거대한 힘에서 느끼는
장엄함도 있고, 고난 속에서 여전히 존엄을 유지한 채
살아가는 사람들의 장엄함도 있고, 온갖 장벽을 넘으려는

이들이 연대를 통해 끝내 장벽을 넘고 시대를 바꾸어내는 장엄함도 있어. 고통이 깊을수록 장엄함이 지닌 빛이 더 밝아지기도 하고 말이야.

육아가 힘들다고 말하고 다니더라도 엄마는 그 고통과 장엄함 모두를 기꺼이 맛보는 태도를 잊지 않도록 애쓸 거야. 이 맛들을 잘 음미해 둘게. 그래서 언젠가 네가 고통 앞에서 주저하거나 장엄함을 두고 외면하고 싶은 순간이 오면, 이미 다 맛보고 소화시킨 엄마가 말해줄 거야. 우리 좀 더 용기를 내어 보자고, 너 역시 이 맛들을 모두 느끼며 앞으로 더 나아갈 수 있을 거라고 말이야.

마지막 남은 한 방울까지

어른들은 가끔 이런 말을 해. "그 시기 힘든 줄도 모르고
지나갔다." 이런 말을 할 수 있다는 건 정말로 멋진 거거든.
자기 앞에 놓인 고난으로부터 도망가지 않고 주저앉을
새도 없이 열심히 본인의 역할을 다했다는 거니까. 힘든
걸 느끼지도 못할 만큼 그때 주어진 과제에 최선을 다해
분투했다는 거니까. 근데 엄마는 말이야. 힘든 시기를 모르고
지나치고 싶지가 않아. 그렇게 힘들 수밖에 없다면 그 시기의
힘듦을 몽땅 다 느끼면서 지나가고 싶어. 마지막 남은 한
방울의 즙까지 짜내어 다 맛보고는 삼켜보려 해.
힘들고 고통스러운 감정은 삶이 내가 바라는 것과 다르게
흘러갈 때 찾아와. 그 감정들은 나를 힘들게 하는 동시에
상황이 여의치 않으니 어서 주변을 살피고 나를 보호하는
행동을 하라고 부추기지. 더 이상 힘들고 싶지 않은 우리는
그 고통 덕분에 삶이 더 나아지는 변화를 일궈낼 수 있어.

상황이 나에게 이롭게 변했다면, 할일이 없어진 고통은
자연스레 사라지게 될 거야.

이렇게 해결하여 없애버릴 수 있는 고통이 있는가 하면,
눌러 없애버리려 할수록 더 커지는 고통도 있어. 내가
더 손을 쓴다고 해서 나아지지 않는 상황일수록 그렇지.
사랑하는 반려동물이 곁을 떠날 때, 검진을 통해 아픈
장기를 발견해서 수술을 해야 할 때. 이렇게 애써 무언가를
더 해볼 도리가 없는 일이 생겼을 때 우리에게 이로운 건
통제하려는 마음을 내려놓고 그저 느껴지는 그대로를
받아들이는 것이더라. 그게 비록 견디기 힘든 고통이라고
할지라도 말이야.

오늘 이 감정을 느끼고 싶지 않다고 외면하면 그 감정은 내
안에 자리 잡을 곳을 찾지 못한 채 이리저리 떠돌게 될 거야.
이게 반복되면 우리는 고통을 다루는 방법을 배울 수 없고
감정이 우리에게 알려주려는 정보들도 파악하기 어려워져.
그러다 보면 예상치 못한 상황에서 그 고통이 터져 나오는
일이 발생할 수도 있고 말이야. 입구를 막은 풍선의 한
부분을 누르면 다른 부분이 튀어나오는 것과 마찬가지인
거지. 튀어나온 다른 데도 막겠다고 더 많이 누르면 결국

그 풍선은 압을 감당하지 못한 채 터져버리지 않니. 우리
삶에서 평생 도망 다닐 수 있는 감정은 없어. 결국 나에게
주어진 건 사라지지 않으니까, 내가 소화시켜야만 끝이
나더라.

지금 이 힘듦으로부터 나를 분리하면 오늘, 어쩌면 내일까지
조금 더 수월한 하루를 보낼 수 있을지도 몰라. 그렇지만
언젠가 미래의 내가 또 마주해야 할 고난으로 돌아오겠지.
그래서 엄마는 선택하기로 해. 힘든 시기를 힘든 줄 알면서,
그러면서도 기꺼운 마음으로 보내기로. 오늘 나는 내 고난과
충만함을, 슬픔과 기쁨을 모두 경험하려고 해. 이게 오늘은
더 어려운 길이지만 결국엔 더 마음에 들 것 같아.

아직은 작기만 한 네 삶에도 네가 고스란히 담아내야 할
거대한 힘듦이 있겠지. 그 언젠가 너에게 극히 힘든 순간이
왔을 때 '나는 왜 이런 걸로 이렇게까지 힘들어하나' 하며
스스로 책망하지 말렴. 네가 힘들 만한 일이니까, 그럴
만한 일이니까 그렇게 느끼는 걸 거야. 어려운 시기에
자책하기보다는 '아, 내가 이 시기를 견디느라 힘든 거구나.
힘든 만큼 내가 성장하려고 그러는구나.' 하면서 스스로를
위로하고 응원할 수 있다면 좋겠다.

3부

산후 우울증이고 괜찮지 않습니다

최재천 교수님 유튜브 채널에 새롭게 업데이트 된 영상◇의 주제는 우울증이었다. 소개된 내용에 따르면 산후 우울증을 진화적 적응의 산물로 보는 학자도 있다고 한다. 이렇게 힘든 육아를 산모가 어찌어찌 혼자 해내고 나면 '아마 괜찮은가 보네' 하고 내버려두지만 '산후 우울증이라고!' 하면 다같이 정신 차리고 도와준다는 거였다. 나 역시 "산후 우울증 같다"고 얘기하자, 반려인은 주말마다 나를 카페로 내몰고 엄마는 내 상담 시간에 아기를 봐주며 아빠는 내 기분이 괜찮은지 물으려 전화를 한다. 오늘도 아빠는 "스트레스는 괜찮냐"며 "너무 생각을 많이 하지 말고 스트레스 받지 말라"고 해줬다.

이제는 아빠의 애정 방식을 이해하기에 아빠가 무얼 걱정하여 그렇게 말하는지, 얼마만큼 나를 위로하고자 하는지, 그 마음을 잘 안다. 그렇게 표현해줘서 고맙고 좋다(아부지, 사랑합니다). 그런데 그것과 별개로, 오늘 아빠와의 통화를 마치고 나자

◇ 유튜브, 〈최재천의 아마존〉, "인류가 못 고친 병, 우울증의 진화".
 https://youtu.be/SLMC2fN72e8?si=oWp_bvMOKFcl_5YK.

그렇다면 난 한동안 괜찮지 않겠노라고 다짐하게 되었다. 아마 같은 논리로 나의 친엄마는 바깥 일을 하고 싶었음에도 이를 포기한 채 집에서 '스트레스 받지 않으려 노력'하고 '생각을 너무 하지 않으려 노력'했을 것임을 알아차린 탓이다. 그런 삶이 마음에 들었는가의 여부는 그에게 달린 일이고, 나는 스트레스를 받는 한이 있더라도 나를 속이고 싶지 않다.

예전에 결혼이라는 제도가 내게 별로 이득인 것 같지 않아 독신으로 살겠다고 얘기했을 때, 나에게는 나름의 이유가 있었고 이를 설명했음에도 아빠는 "너는 지나치게 책을 많이 본다"며 먹던 밥숟가락을 꽝 내려놓았다. 당시에는 나를 이해하고자 하는 노력이 부족하여 고심한 내 의사결정이 외면당했다고 단편적으로 받아들였다. 그러나 윤슬이 생기자 아빠의 의도가 무엇인지 자연스레 알게 되었다. 내 자식이 남들과 같은 흐름 속에 안정적으로 안착하여 다치지 않기를 바라는 염려가 있었음을, 그게 부모의 깊은 사랑임을 부모가 되자 이해할 수 있었다. 그러나 나는 남들이 다 하는 것에 순응한다고 해서 안정감을 느끼기 어려운 사람이었다.

어미가 제 젖으로 새끼를 먹여 기르는 포유哺乳류는 문자 그대로 자식이 자라나는 데에 엄마 배를 이용하고, 엄마 몸을 찢고 나오며, 엄마 젖을 먹고 큰다. 수많은 종 가운데 포유류만큼 엄마의 공이 대대적으로 드는 생명체는 없다. 이는 비유법이 아니다. 생물학적 사실이다. 그렇기에 다같이 흐린 눈으로 외면하기도 한다. 엄마라면 다 해야지, 엄마라면 다 할 수 있지, 엄마라면, 엄마라면. 온갖 곳에서 엄마를 부르기 시작하면 그 엄마라는 당사자는 괜찮지 않다는 말을 하기가 어렵다.

어제 KBS에서 방송한 <파친코와 이민진>다큐인사이드, 2023.8.17 이라는 다큐멘터리를 봤다. 치열하게 살아가는 이들의 삶을 역사가 기록하지 않기에 이민진 작가 자신이 그런 이들의 목소리를 기록한다고 했다. 미국 미디어에서 보기 힘든 아시안과 재미 한인들이 그들을 대표한다고 느낄 수 있는 인물의 이야기를 쓰고 싶었다고. 그렇다면 나는 내 목소리를 기록하고 대변하기로 한다. 아무도 주목하지 않는 '괜찮지 않다'는 내 목소리를 말이다. 지극히 사적인 일에 유난 떠는 듯하고 때로는 가치 없게 느껴지기도 하지만 내 목소리를 남기는 일에 드는 비용이 고작 스트레스라면, 그 정도면 내가 달갑게 감수할 수 있다.

증상이 주는 이득

한동안 옅은 우울감에 둘러싸인 채 고민했다. 우울한 이유가 뭘까? 어찌할 수 없는 외부 상황들로 인해 우울한 것 같지만, 나는 알고 있었다. 이 우울을 어느 정도 내가 선택하고 있기도 하다는 걸 말이다. 사실 손가락 튕기듯 이 우울감을 날려버릴 수도 있다. 기분이 나아질 만한 여러 활동을 하면서 내 상태를 전환하는 건 어렵지 않다. 그럴 힘이 없어서 우울한 게 아니었다. 딱 그 정도인데, 어째서 힘 빠지게 우울감을 택하고 있는가.

예전에 상담 지도를 받을 때였다. 내담자가 병원에서 처방받은 약을 먹고 상담자가 알려준 전략들을 시행하면 분명히 나아진다는 걸 알면서도 이를 하지 않기를 '선택'한 이유를 알고 있느냐는 질문을 받은 적이 있다. 그러게, 왜 그럴까요. 나아지고 싶어서 오셨는데요. 이유를 짐작하기 어려워 연거푸 되물었다.

이 증상만이 지금의 이 사람을 보호하고 있다는 점을 염두에 두고 다시 사례를 바라보라 했다. 그가 호소하는 이 증상은 자신의 고통에서 기인했기에, 이 증상과 고통을 없애고자 하는 그 마음은 진심이다. 그러나 모순되게도 이 증상을 통해서만 주변에 자신의 힘듦을 외치고 도움을 요청할 수 있다는 것이었다. "약으로 이 증상을 싹 걷어내고 나면 그 사람에게 뭐가 남을 것 같아요? 증상이 주는 이득이 큰 상황에서 그 사람은 절대로 변하지 않을 거예요."

당시 들었던 '선택'이라는 단어가 지금의 나를 통해 명료하게 이해되었다. 그렇다면 나는 이 우울감을 통해 무슨 이득을 얻고 있기에 이를 택한 것일까? 조금은 이상한 포인트인데, 요즘 '이 판사판'이라는 단어가 종종 떠오른다. 살면서 하고 싶은 말을 다 하면서 살 수는 없는데, '알게 뭐야 나 힘드니까 돌러서 얘기 안 합니다' 하고 묵힌 말을 꺼내버리고 싶다. 목구멍 깊은 곳에서 그런 에너지가 느껴진다. 그 말을 내뱉지 않으면 사회가 규정하는 대로, 당신이 말하는 대로, 내가 느끼는 나와 다른 사람으로 규정될 것만 같다. 그로부터 나를 보호하지 않으면 안 될 것만 같다.

돌봄 역할을 수행하며 나는 항상 모르는 상황과 맞닥뜨리고 조언을 구해야 하는 위치에 선다. 사람들은 나에게 필요한 것 너머의 영역까지 알려주려 한다. 모유 수유를 언제까지 해야 하나 고민할 때 어느 수유 전문가는 내게 "아이의 치아가 삐뚤어지기를 바라지 않는 엄마라면 젖이 나올 때까지 먹여라" 했다. 모유 수유가 아무리 좋은 것이라 할지라도, 그의 말 이면에는 엄마라는 존재를 설득하는 데는 죄책감을 건드리는 게 가장 효과적이라는 전략이 숨어 있다. 아이의 치아가 삐뚤어지기를 바라는 엄마가 어디 있겠는가. 잘 아는 이일수록 그런 말을 쉽게 한다.

　손목이 시큰하게 아파서 치료를 받기 위해 정형외과에 갔다. 의사는 내게 "엄마가 애가 우는 걸 못 참아서 자꾸 안아주니까 그렇다, 모름지기 육아를 할 때는 좀 참을 줄도 알아야 한다"고 했다. 나의 아이는 별명이 '○○동 사이렌'으로 불릴 만큼 목청이 크다. 아이 아빠가 혹시 판소리를 하느냐는 질문을 받은 적도 있다. 이 소리를 들으면 의사선생님도 아마 못 참으실 텐데…… 의사는 이 시기에는 원래 다 관절이 아프다며 다른 이들도 같은 이유로 많이들 온다고 덧붙였다. 출산 후에도 릴렉신 호르몬 _{출산이 용이하도록 관절을 느슨하게 만듦} 때문에 관절이 취약하다는 건 나도 안다. 그럼에도 의사는 '엄마가 못 참아서 그렇다'는 말로 나의 증상에 대한 전문적인 식견을 밝히지 않았던가. 하고 싶은 말을 다 해도 괜찮으니 치료법이라도 제대로 알려주었으면 좋았을 것을, 그게 다였다. 항생제와 진통제 처방만 받아왔다.

　'엄마라면, 인생이라면, 모름지기'로 시작하는 문장들은 내게 거추장스럽다. 자유롭게 아이와 사랑하려 하는데 자꾸만 무언가가 질질 딸려온다. 확 낚아채 던져버릴까 하다가도 '이게 맞나, 그래도 되나' 하며 눈치를 본다. 아이를 키워본 적 없는 생초짜배기인 내가 뭘 믿고 내 멋대로 할 수 있겠는가. 남들이 하고 있는 모양새 그대로, 전문가가 시키는 그대로 따라야 할 것만 같다. 그게 최선은 아닐지라도 적어도 잘못된 길을 가지는 않을 수 있지 않을까 싶어서이다. 그런데 지금의 우울감은 거기에 제동을 걸었다. 주변으로부터 기대되는 엄마가 되려다가는 나 자신을 잃을 수도 있으니 그냥 내가 원하는 선택을 하라고 말이다. "능동적으로 목소리를 내고 상황을 바꿔! 하고 싶은 말을 다 해도 괜찮아!" 내 우울감은 참지 말고 원하는 식으로 네 사랑을 실천하며 스스로를 지키라고 독려하고 있었다.

100일과 돌에 화려한 잔치는 하지 않겠다고 양가에 선언한 건 아무래도 그 때문이었을 것이다. 사람들이 이 시기에 잔치를 하는 데에는 다 이유가 있다. 100일, 1년 사이에 아이는 폭풍처럼 성장하고 그사이 주변의 여러 도움을 받을 수밖에 없기에 가까운 사람들을 불러 이를 기념하는 것이다. 떡과 과일을 주문하고 잔치를 위한 소품을 대여하고 답례품을 구매하고 아이에게 예쁜 옷을 입혀 좋은 사진을 찍는 건 그런 의미에서 무척이나 의미 있다. 그걸 다 알지만 장소를 예약하고 일정을 조율하며 적당한 답례품을 알아보는 그 귀한 에너지를 아껴서 온전히 나의 아이와 사용하고 싶었다(좋은 말로 표현했지만 '힘들어 죽겠으니까 내 애만 제대로 보고 다른 거 안 해!'라는 마음이었다). 아이 300일 무렵에 결혼기념일이 있어 셀프 사진관을 예약했다. 50분 동안 셋이서 카메라 앞에 앉아 이런 저런 포즈를 취해가며 소소하게 우리의 오늘을 기록했고 가족들에게 사진을 보내어 함께 축하했다.

어린아이를 키우는 젊은 엄마는 사회적으로 어떤 권위를 가지고 있을까. 지나가는 누구라도 그에게 가서 말을 거는 게 어렵지가 않다(이리 와서 애기 얼굴 좀 보여주고 가! 이리 와보라니까!). 자신이 아는 인생의 지혜를 이 사람이 필요로 할 거라고 여기며 조언을 아끼지 않는다(이렇게 낯선 사람 얼굴을 보여줘야 애가 낯을 안 가리지! — 아니, 저기, 선생님이 갑자기 들이미신 얼굴 덕에 애가 놀라서 웁니다). 엄마인 내게 기대되는 역할은 전형적이고 그 전형성과 조금이라도 어긋나면 많은 이들은 의아하다는 반응을 숨기지 않는다. 나의 우울감은 내가 그런 위치에 있기 때문에 느끼는 것이었다. "내가 있는 이 자리가 나에게 편하지가 않나 보다." 나의 증상은 내게 이렇게 말하며 현재 내 위치를 점검하게 해주었다. 불편함이 느껴진다면 억지로 앉아 있지 않아도 된다고 나를 보호해주고 있었다.

병원 앞에서 멈춘 이유

상담에 내방하신 분들께 종종 약 복용을 권유드릴 때가 있다. 고통의 수준이 현저하고 그로 인해 일상 혹은 사회(직장, 학교 등) 생활을 유지하는 데 지장이 발생할 경우에 상담과 약 복용을 동시에 진행하거나 약 복용을 우선시하도록 안내한다. 상담으로 인한 치료 효과가 탄력을 받기 위해서는 몸과 마음의 에너지가 어느 정도 필요하다. 식사도 못 하고 수면도 제대로 취하지 못하는 이에게는 내 고통이 무엇인지를 오랫동안 숙고하는 일보다 당장 제때 밥 먹고 잠을 자는 게 최선이다. 적절한 약은 우리 몸과 마음의 회복을 돕는다.

나는 4개월째 스스로에게 물어보고 있다. 약이 필요하지 않니? 지금의 나를 상담자로서 만난다면 약 복용을 권유할 것 같니? 이를 점검하기 위해 먼저 일상 유지가 가능한지부터 체크한다. 귀찮지만 식이섬유와 단백질 등을 겸유한 식단을 챙긴다. 카페인을 과하게 섭취한 날을 제외하고 질 좋은 수면을 유지한다. 30~40분가량 스트레칭이나 근력운동을 하고 날이 좋으면 유아차를 끌고 산책도 한다. 반려인이 퇴근하면 아이의 영상을 보여주며 오늘의 특이사항을 공유한다. 동네에서 비슷한 또래 아이를 키우는 이들을 종종 만나 서로의 근황을 묻는다. 무엇보다 아이를 돌보는 일이 늘 맨 앞에 놓여 있고 무엇을 놓친 적은 없다. 이 정도면 훌륭하다.

그러면 뭐가 문제란 말인가, 바로 나의 불행감이 문제였다. 월경 예정일이 다가오면 드글드글 불행감이 들끓기 시작한다. 그러면 당시에는 별거 아니라고 넘어갔던 일들까지 갑자기 하나씩 떠오르며 억울함이 더해진다. 거기다 아이를 돌보느라 고된 몸에 푹 쉬지 못한 정신적 피로감까지 쌓이면 결국에는 불행감이 팡 하고 터져나온다. 감정을 다 쏟아내고 나면 한동안은 또 그럭저럭 지낼 만한데 다음 달이 오면 또 비슷한 패턴이 반복된다. 월경이 시작되기 직전, 아이를 겨우 재우고 수돗물을 틀어놓은 채 젖병을 닦으며 오열하는 행동이 넉 달이나 되풀이되었다. 이걸 이렇게 방치해도 될까.

지인 중 의지할 수 있는 임상심리 전문가인 A에게 물었다. PMS 월경전증후군로 인한 기분 저하가 발생할 경우, 아주 심하지 않을 때에는 약을 간헐적으로 복용하기도 하지만 보통은 꾸준히 복용하도록 안내한다고 했다. 그리고 자신이라면 내 상황에서 약을 먹겠다고 했다. "외부에서 육아 도움을 받기 어려운 상황이잖아. 약의 도움이라도 받아서 쉽게 가면 좋겠네." 수긍이 가는 답변이었다. 내가 전문가로서 내게 하고 싶은 말도 같았다.

다른 용무로 약국에 갔다가 옆에 있는 정신의학과를 발견했다. 들어갈까? 먹으면 조금은 편해질 수 있어. 호르몬 때문에 불필요한 불행감을 느끼고 있다면 그만큼은 덜어내고 싶었다. 불행감을 느끼는 와중에도 아이는 기가 막히게 어여쁘다. 무엇보다도 이 어여쁨을 온전하게 느끼길 바랐다.

그런데 발걸음이 멈춰졌다. 전문가의 상담을 통한 약 복용은 신체적으로 안전한 범위 내에서 이루어지므로 부작용을 염려하는 건 아니었다. 불행감을 없애고 싶었음에도 약의 도움을 받아 불행감이 싹 걷어지면 안 된다는 마음의 목소리가 들렸다. 약을 먹는다고 부정적인 감정을 아예 느끼지 않거나 갑자기 긍정적인 감정만 느끼는 건 아니다. 마치 안전 쿠션을 장착한 것처럼 기분이 너무 밑으로 푹 꺼지지 않도록 하여 원래의 일상을 회복하게끔 돕는 역할을 한다. 이를 정확히 이해하면서도 주저했다. 나는 쉽사리 기분이 나아지길 바라지 않았던 것이다.

그 마음의 목소리는 다시 말했다. '이토록 육중한 육아를 혼자 감내하면서 나를 갈아넣고 있는데, 불행감마저 못 느끼면 어떻게 하나!' 고통이 존재해야만 무언가 잘못되었다는 걸 알아차리고 현 상황에 변화를 가져올 동력이 생긴다. 약을 먹고 기분이 나아진다면 새로운 변화를 모색하는 일을 관두고 현 상황에 안주할 것만 같았다. 지금의 불행감은 '혼자서 육아를 담당하느라 네가 많이 지쳤으니 외부의 도움이 필요하다'고 말하고 있었다. 주변을 독려하든, 돌봄 서비스를 활용하든, 공동 육아 방법을 모색하든 네가 그렇게 없애고자 하는 불행감이라는 고통을 밑거름 삼아 새로운 돌파구를 만들라고 말이다.

그리고 다음의 이유가 개인적으로는 더 중요했는데, 바로 내가 했던 말이 떠올랐기 때문이다. 이 책을 쓰며 나는 '나 자신과 나의 아이를 위하여 긍정적이고도 부정적인 감정을 하나도 놓치지 않고 탐닉하듯 맛보겠다'고 했다. 그게 '내가 선택한 최선의 사랑의 태도'라는 말도 했었다. '방치되어도 좋을 감정은 단 하나도 없다'라는 말까지 했다. 쓸 때는 몰랐다, 지금의 이런 감정들까지 고스란히 맛봐야 하는 일이라는 걸. 이 말에 책임지려면 나는 있는 힘껏 더 적극적으로 분투해야만 했다.

　이런 이유들로 나는 병원 앞에서 발걸음을 멈춰 집에 돌아왔다. 반려인에게 이런 마음을 나눴고 돌봄 서비스를 찾아보며 다른 방법을 모색해보자고 했다. 며칠 후 어린이집 발표가 났다. 점차 일상 에너지의 흐름도 회복되기 시작했다. 물론 다음 달에 또 젖병을 닦으면서 오열하고 있다면 나는 바로 병원으로 달려갈 것이다. 혹 당신이 약을 먹어야 할지 고민하고 있다면, 부디 마음 편하게 병원에 가보시길 권한다. 참는 게 좋거나 낫다는 이야기가 결코 아니다. 다만 나는 내뱉은 말이 있으니 조금 더 내 감정을 음미해보기로 했다.

믿는 대로 보이는 세상

부모님의 근무 스케줄과 일정을 조절하여 상담 시간에 아기를 맡겨왔는데, 더는 그러기가 어려워졌다. 마지막 상담에서 상담 선생님은 지난 시간에 내가 한 말을 되짚어주셨다. 인생에서 고통, 불확실성, 끊임없는 노력은 기본값과 같기에 피하고 싶다 하더라도 그저 받아들여야 한다는 게 큰 깨달음이었다고 했는데, 만일 이 세 가지를 걸리는 것 없이 온전히 받아들일 수만 있다면 이미 자기 마음을 깊이 본 것이 아니겠느냐고 말이다.

고통 이야기가 나오자 나는 요즘 깨달은 점이 있다고 대답했다. "삶은 왜 이렇게 고통이 가득한가를 오랫동안 고민해왔는데, 요즘 과학서들을 읽다 보니 자연은 원래 인간의 고통에 관심이 없는 것 같아요. 애초에 생명체의 목표는 번식하고 생존하는 것인데 그중에서 인간은 자기 마음을 돌아보고 또 '자기 마음을 돌아보는 자기'까지 들여다볼 수 있게 진화했잖아요. 그렇기에 고통받는 자기와 타인에게 연민을 갖고 주변의 고통을 덜 수 있도록 다정함의 문화까지 만든 거죠. 애초에 우리는 고통에 방치된 존재 같아요."

그랬더니 상담 선생님이 그게 무슨 소리냐고 했다. 그건 공학도들이나 하는 소리지, 자연이 우리에게 얼마나 관심이 많은 줄 아느냐고, 그래서 우리가 산이나 바다에 가면 치유의 에너지를 느끼는 거라고, 하물며 벌에 쏘여 상처가 생기더라도 그 고통으로 인해 성장하도록 만들어진 게 우주의 질서라고 하셨다. 막 수긍이 가지는 않았지만 이게 그의 경험이고 신념이겠구나 싶어서 고개를 끄덕이고 돌아왔다. 상담소의 이름마저 '질서와 조화를 지니는 우주'라는 뜻의 단어로 지은 분다운 이야기였다.

밤이 되어 아이를 재우고 반려인이 돌아오자 잠시 산책을 다녀오겠다고 하고 밖에 나왔다. 앱에 추천 음악으로 뜬 코리 웡Cory Wong과 존 바티스트Jon Batiste의 <메디테이션>Meditation을 들으며 걸었다. 비가 촉촉히 내리고 난 뒤라 동네 나무들이 청아해 보였다. 빗물을 머금었다는 게 이런 거구나. 마치 크리스마스트리에 전구가 달린 듯 반짝거렸다. 순간 이 공간의 말없는 생명체들이 내게 '잠깐 나 좀 볼래? 나 여기, 네 옆에 있어'라고 말을 걸어주는 것만 같았다. 나를 무척이나 신경 써주는 느낌.

풀벌레 소리를 듣고 비 내음을 맡고 서늘한 바람을 느끼며 천천히 발 닿는 대로 한 시간쯤 걸었다. S가 오늘의 하늘이라면서 찍어 보내준 무지개 사진도 구경하면서. 믿는 대로 세상이 보인다던가. 바람에 흔들리는 잎사귀들마저 내게 괜찮다면서 윙크해주는 것 같았다. 그러게, 나는 고통에 방치되지 않았네.

파동이 만들어낸 반가운 물결

샌드위치 휴가가 생긴 반려인은 내게 물었다. "아이는 내가 볼 테니, 호캉스라도 다녀올래?" 단번에 부산 가는 기차표와 숙소를 예약했다. 1박 2일의 광안리 여행은 너무나도 짧고 무척이나 찬란했다. 기저귀가방 외출시 아기 용품들을 몽땅 넣어 휴대하는 큰 가방 없는 두 손으로 사람 많은 곳을 자유로이 누볐다. 반짝이는 것들이 가득한 소품 가게에서 이 가방 저 가방 들어보며 마음껏 구경하고 이 동네에서 제일로 유명하다는 하이볼 바에서 오이 넣은 진토닉까지 두어 잔 마시고 돌아와 깊이 잠들었다. 소음 없는 아침에 느지막이 눈을 뜬 게 대체 얼마만인가. 아기 물품 없는 욕조에서의 반신욕은 또 어떻고. 사람 북적이는 가게 앞에서 대기하다가 찐한 커피와 브런치를 먹고 돌아왔다. 역시 결핍된 게 채워지는 경험이 최고야.

짧은 여행을 마치고 돌아오는 기차 안에서 <스터츠: 마음을 다스리는 마스터>라는 넷플릭스 다큐멘터리를 봤다. 영화감독이자 배우인 조나 힐은 인생의 힘든 시기에 정신과 의사인 필 스터츠를 만나 회복을 경험한다. 스터츠가 마음의 상태를 효과적으로 변화시키고자 개발한 방법들로 치료적인 효과를 느낀 그는 많은 이들이 이를 누릴 수 있기를 바라며 다큐를 만든다. 스터츠의 방법이 시각적 이미지와 함께 상세히 소개될 때마다 머릿속으로 이를 하나씩 나에게 적용해봤다. 좋은 문장들은 따로 받아 적으며 끝까지 몰입해 시청했다.

그중 인상깊었던 건 '삶에서 감사가 흐르게 하라'는 부분이었다. 부정적인 생각으로 희망을 잃었다고 여겨질 때(스터츠는 이를 '먹구름'으로 설명한다) 감사한 것들을 서너 가지 떠올리는 게 도움이 될 거라고 했다. 이때 중요한 건 감사하는 대상 그 자체가 아니라 감사하는 대상을 만들어내는 과정, 즉 '흐름'이다. 감사의 대상을 연달아 떠올려 흐름을 회복하면 새로이 생성된 에너지가 먹구름을 밀어낸다. 내 안에 원래 깃들어 있는 태양의 기운을 누리면서 행복에 도달할 수 있다는 것이다.

이를 내게 적용해보려 잠시 차창 밖의 움직이는 풍경을 바라보다가 눈을 감았다. 기차가 움직이면서 건물 뒤에 가려져 있던 햇빛이 내 얼굴에 쏟아졌다. 그 따뜻한 기운을 느끼며 감사의 대상을 차근히 떠올려봤다. 휴일이 생기자마자 기꺼이 나에게 휴가부터 제안한 반려인, 급작스런 제안에도 이 여행의 의미를 짐작하며 흔쾌히 동행해준 친구, 이 시간에도 제 아빠와 잘 놀면서 무럭무럭 자라나는 나의 아이, 그리고 이 자리에서 감사하는 나. 여러 대상을 떠올릴수록 감사함이 어떤 '흐름'을 만들어내어 그 에너지가 점차 커져갔다. 그 감사함의 힘은 스터츠가 말한 '먹구름'을 밀어낼 만큼 생생하고 역동적이었다.

이런 설명도 좋았지만 더 인상 깊었던 건 시간이 흐를수록 점차 정이 두터워지는 두 사람의 대화다. 스터츠는 말한다. "진실되고 심오한 것은 그게 무엇이든 하나가 아니라 둘이어야 한다"고. 혼자서는 만들어낼 수 없는 '진동'을 일으켜야 하기 때문이다. 두 사람의 만남은 진동을 통해 에너지장을 만들어내는데 그 에너지장은 눈에 보이지는 않지만 무언가를 생성해내는 우주의 힘을 담고 있다. 아무런 자극 없는 고립된 공간에서는 아무 일도 일어나지 않지만, 두 사람의 만남으로 진동이 발생한 공간에서는 우주의 힘을 지닌 에너지가 만들어진다. 이를 위해서는 완전히 이해할 수 없는 대상에 몸을 맡겨야 한다고 했다.

다큐는 상담자가 내담자에게, 또 내담자가 상담자에게 서로 '사랑한다' 말하며 끝이 난다. 두 사람의 만남이 만들어낸 에너지장, 그리고 발생한 우주의 힘. 함께 만나 시간을 보냈을 뿐인데 서로가 서로의 세계를 울리고 치유하며 각자의 세계 역시 예측하지 못한 방향으로 확장된다. 이는 내가 일을 하면서 익숙하게 사랑하고 새롭게 감동하던, 늘 그리워하던 그림이었다. 오직 내담자와 나, '우리'의 관계에만 집중하면서 함께 만들어낸 진동의 불규칙한 움직임을 반겼고 또 서핑하듯 그 파동에 나를 맡겼다. 매일 아침 내게 어떤 파도가 다가올지 예측하지 못하는 맛이 있었다.

그런데 내담자 대신 아이와 종일 함께하는 요즘의 내 일상은 그렇지 않았다. 예측 불가능한 상황이 발생할 때마다, 성실히 수행하고자 계획했던 매일의 일과가 뒤엉킬 때마다 지치고 기운

이 빠졌다. 하루하루 다르게 성장하는 아이와의 만남에서 정해진 루틴을 따르고 싶었고 그게 원활하지 않으면 언짢았다. 지금은 자는 시간이야 베이비, 이렇게 벌써 깨면 어쩌자는 거니…… 왜 아이와의 만남에서는 내가 그토록 즐기고 잘하던 서핑을 잊은 것일까. 이제라도 아이가 만들어낸 불규칙한 파동에 고스란히 몸을 맡겨보면 어떨. 서로의 안전을 위해 정해진 시간과 규칙 속에 만나는 내담자와의 만남으로도 내 세계는 이렇게나 넓어졌는데, 경계없이 드나드는 아이는 얼마나 더 넓혀줄까. 그리고 그 파동은 얼마나 아름다울까.

파동의 기운으로 파도가 넘실대는 푸른 바다, 광안리에 다녀오는 길에 나는 기분 좋은 깨달음을 얻었다. 우주의 힘을 만들어내는, 두 사람만의 진동을 일으키는 수없이 많은 기회가 바로 내 일상에 존재한다는 걸 말이다. 그러고 보니 내 아이의 이름은 파동 자체만으로 빛나는 윤슬이 아닌가. 스터츠가 말한 것처럼 완전히 이해할 수 없는 그 불규칙한 파동에 몸을 맡기면, 나의 작은 세계가 고요하게 진동하며 내 생에 더 많은 윤슬이 반짝일 것이다.

너와의 허니문

나는 미래의 내가 몹시도 그리워할 과거의 순간이 정확히 '지금'임을 강렬하게 느끼는 능력이 있다. 지나고 보니 그리운 순간이었다가 아니라, 그것이 진행되는 아주 짧은 찰나에 이미 생생하게 그리움을 느낀다. 현장에서 촬영하는 순간부터 '이 장면은 관객들이 흘러가는 게 애탈 만치 그리운 마음이 들 거야' 하고 미리 예감하는 영화감독과 비슷할지도 모르겠다.

오늘 마지막 수유를 끝내고 한껏 기분이 좋아진 아이와 놀고 있을 때였다. 아이의 양 겨드랑이에 두 손을 끼고 "우룰룰루루" 소리를 내며 도리도리 고개를 돌리다 눈이 마주쳤다. 살이 통통해진 아이는 소리도 없이 온 얼굴로 빵긋 웃었다. 이중 삼중으로 접힌 볼살 사이에 드러난 이도 없는 맑은 웃음. 이 이미지는 순식간에 내 마음속에 저장되었다. 아마도 내가 평생 그리워할 어느 순간 중 하나가 되겠지. 오늘은 해도 느지막이 지는 듯 불그스름한 노을 빛이 천천히 집을 훑고 갔다. 이 집의 풍경마저도 그리워하게 될 터였다.

요즘 아이와 나는 허니문 같다. 꿀같이 달콤한 달. 서로 얼굴만 봐도 꺄르르 웃고, 아이가 해사하게 웃으면 정말로 내게 별이 차르르 쏟아지는 것 같다. 침대에 같이 누워서는 입을 뻐끔거리며 장난치기도 하고, 배에 얼굴을 파묻고 간지럼 태우며 자그르르 자지러지게 웃기도 한다. 해가 적당히 내려가면 유아차 끌고 아파트 놀이터로 가서 내가 읽던 책을 읽어주고, 해가 뜨거울 때면 지하철을 타고 교보문고에 가서 시간을 보내기도 한다. 이 시간들이 어찌나 꿀처럼 달던지.

한동안 나는 인생에 고통이 어째서 존재해야 하는가, 대체 이 세상에는 왜 이렇게 고통이 넘쳐나는가에만 관심을 쏟았고 도무지 답을 찾을 수가 없어 괴로웠다. 그러다 오늘, '왜 행복이 존재해야 하는가'는 어찌하여 고민하지 않는가를 생각했다. 이런 행복감을 느끼는 순간이 내게 찾아온다는 건 정말이지 굉장한 일인데, 이런 건 당연하게 꿀떡꿀떡 받아먹고 간간이 찾아오는 고통만 걸고 넘어지며 성내고 있었다.

요즘 아이와 있으며 종종 묘한 감정이 든다. 마치 연애할 때 빨리 수업 끝나고 데이트 나가고 싶어서 엉덩이가 붕붕 뜨는 기분과 비슷한데, 하루 종일 같이 있으면서도 이런 기분이 드는 게 신기하다. 덕분에 하루는 잘 간다. 같이 있으면 좋으니까 얼굴만 봐도 웃고 장난치다 한 주가 금방 간다. 역시 이건 허니문 기간이기 때문이었어. 앞으로 몹시도 그리울, 우리에게 다시는 없을 시간들이 지금 내 앞에 놓여 있다. 미래의 내가 마음껏 그리워할 수 있도록 지금의 내 눈으로 더 많이 담고 내 몸으로 더 많이 으스러지게 안아줘야지.

엄마를 바로 마주하기

P와 밥을 먹던 중 그는 어렸을 적부터 고민이 있으면 엄마에게 전화해 털어놓는다고 했다. 잠시 유년 시절에 나는 어떠했는가를 떠올려봤다. 걱정이 있으면 그걸 엄마와 나누곤 했던가? 명료하게 언어화하여 지각한 적은 없었으나 엄마는 내게 고민을 털어놓기에는 조금 약한 사람이었다. 원하는 대로 되지 않으면 성에 차지 않아 고집을 부리던 나를 키우는 게 조금은 버거웠을지도 모르겠다고 생각했다. 며칠간 곱씹어봤다. 정말, 엄마는 약한 사람이었나?

엄마는 경상북도 의성군에서 언니 오빠가 많은 막내딸로 태어났다. 내가 어렸을 적 시골에 놀러가면, 예전에는 "저어기부터 저어어기까지"가 엄마네 할머니 할아버지 논밭이었다는 이야기를 몇 번 들었다. 집안이 꽤 넉넉했던 것 같지만 그럼에도 고등학교 졸업 후 더 이상의 교육은 받기 어려웠던 모양이다. 엄마는 아빠와 결혼을 했고 아는 사람 하나 없는 서울에 터를 잡아 나와 남동생을 낳았다.

나는 서울에서 안정적인 봉급을 받는 공무원 부모를 둔 첫

째 딸로 태어났다. 동생보다 욕심이 많았고 공부도 곧잘 하는 편이라 원하는 교육을 맘껏 받으며 컸다(동생아 미안하고 대단히 사랑한다). 그렇게 성장한 내 세상에는 기가 막히도록 멋진 여자들 천지였다. 도서관을 가나 유튜브를 트나 팟캐스트를 듣나, 이들이 항상 손 닿는 거리에 있었다. 덕분에 나답게 사는 삶이 얼마나 아름다울 수 있는지, 내 목소리를 내는 일이 내 삶을 얼마나 보호할 수 있는지, 연대의 가능성이 삶을 얼마나 확장할 수 있는지를 충분히 배웠다. 이건 순전히 내가 엄마보다 운이 좋아서, 시대를 잘 타고나서 얻게 된 힘이다.

다시 더듬어본 엄마는 자기가 속한 환경에서 제일 좋은 것을 분별하고 그걸 자식에게 삶의 태도로 보여주는 사람이었다. 엄마는 어릴 때 먹던 무말랭이의 아삭아삭한 맛을 구현하기 위해 몇 번이고 무를 직접 썰어 말리는 사람이었고, 서울에서 일을 시작한 조카들이 굶고 다니지는 않을까 자기 집으로 불러 밥을 해 먹이는 사람이었고, 좋은 맛을 내는 데 가장 중요한 건 채소의 싱싱함이며 그런 싱싱한 채소를 구입하는 데는 농협이 최고라는 걸 아는 사람이었고, 수영과 등산을 즐기는 운동 습관을 만들고 티비를 볼 때도 가만히 있지 않고 스트레칭이나 복근 운동을 하면서 알뜰하게 몸을 돌보는 사람이었고, 치킨 하나 시키는 값이면 정육점에서 닭 두 마리를 사 간장에 조려서 배불리 먹이는 걸 택하는 부지런한 사람이었고, 딸이 친구네 집에 놀러간다 하면 자신이 공들여 담근 동치미를 아낌없이 싸주는 사람이었고, 노곤한 낮에는 커피와 과자 한두 개로 일상의 적절한 단맛을 채우는 사람이었다.

상담을 하다 보면 종종 부모를 원망하거나 화를 내느라 에너지를 많이 쓰는 이들을 만난다. 자기 부모를 상당 기간 한 가지 관점으로만 바라보면 이런 감정은 더 공고해진다. 이러한 사례를 상담 지도 받으며 "이 내담자는 자기 부모를 한 욕구를 지닌 인간으로서, 좌절을 견뎌낸 인간으로서 다시 보는 법을 배워야 한다"는 조언을 들었다. 수긍이 가 고개를 끄덕였지만 이윽고 의문이 따라왔다. 자식이 자기 부모를 한 인생을 견뎌낸 사람으로 마주하는 게 가능할까?

모든 자식은 부모를 이상화하기 마련이고 부모도 자식을 이상화한다. 나의 엄마는 내가 이상화한 엄마에 비해서는 약한 사람일 수 있지만 엄마 자체로 자기 삶을 살아낸 사람이었다. 나같이 요구도 많고 원하는 게 있으면 어떻게 해서든 얻어내려던 딸을 주어진 자원 속에서 한계를 설정해가며 잘 키워낸 사람이었다.

나는 아침에 눈뜨자마자 근력운동 30분으로 하루를 시작하고, 폼롤러와 마사지볼에 기대어 유튜브를 보고, 휴대폰 앱으로 가장 신선한 식재료를 구매하고, 지인들이 집에 놀러 오면 간단하지만 그럴 듯한 음식을 만들어내고, 책을 읽으며 당이 떨어지지 않도록 몇 가지 간식을 항상 구비해놓는다. 그렇게 몸을 돌보고 먹을 것을 챙기고 주변과 나누는 일상을 보낸다. 그러면 웬만큼 힘든 일이 생기지 않고서야 무너질 일이 없다. 이 습관들이 나를 단단하게 지탱한다. 내게 몹시도 중요한 것들을, 나는 나의 엄마로부터 배웠다.

　엄마를 설명하는 나의 문장을 다시 살펴봤다. 길게 나열했지만 '무말랭이' '반찬' '채소' '동치미' 같은 단어뿐이라는 점이 나를 답답하게 만들었다. 속이 턱 막혔다. 엄마가 내 세상에 태어났다면, 자기답게 사는 삶이 무엇인지를 충분히 고민할 기회를 누렸다면, 자기 목소리를 내는 삶을 살았다면, 엄마를 지지하는 더 많은 사람을 곁에 두었다면. 그랬다면 엄마의 삶을 설명하는 수식어가 얼마나 다채로워질 수 있었을까. 내 곁에 있을 때 엄마라는 사람을 좀 더 똑바로 마주했더라면 우리는 얼마나 더 돈독해질 수 있었을까.

'기꺼이'와 내리사랑

"부모 자식 관계는 내리사랑이지." K가 말했다.

"그런가?"

"난 다 컸는데도 엄마는 나를 끊임없이 챙기고 계속 뭘 줘. 나는 부모에게 그만큼 줄 수 없어. 이게 내리사랑이 아니면 뭐야?"

그의 말에 수긍하면서도 내리사랑이라는 단어가 잘 소화되지 않는다.

근래 나의 마음에는 '기꺼이'라는 단어가 수시로 떠오른다. 부디 오늘 하루를, 오늘치의 돌봄을, 오늘에 부과된 노동을 내가 '기꺼이' 할 수 있기를. 매일 그 마음가짐을 유지하려 조심한다. 다짐만으로는 부족하기에 아이가 잠들기 전까지 체력의 배터리가 방전되지 않도록 실제로 나를 먹이고 재우는 일도 세심하게 살펴 가꾼다. '기꺼이'를 유지하는 데 이토록 많은 에너지를 쓰고 있다는 건, 그만큼 이를 실천하기 어려운 일상이라는 뜻이다. 내 일상은 아이의 식사와 잠과 울음과 놀이로 분절되어 연속성을 잃은 지 오래다.

'내리사랑' '부모의 사랑' '엄마의 희생' '모성애' 등의 단어에는 '기꺼이'의 강력한 아우라가 있다. 먹던 밥숟가락을 기꺼이 내려놓고, 곤히 잠든 몸을 기꺼이 일으켜 세우고, 이미 뭉친 어깨를 기꺼이 아이에게 내주는 경건하며 성스러운 부모의 마음. 고통 같은 건 아무래도 괜찮다는 숭고한 아우라. 그런 거룩한 마음만 똑 떼어놓아 누군가 내게 이식해주면 좋겠다. 그러나 매번 식사 흐름이 끊기고 잠이 끊기고 쉼이 끊기는 삶을 이어가는데 고통이 없을 리 없다.

내리사랑이라는 말은, 마치 부모는 주고 싶은 사랑이 이만큼 넘쳐나 자연스레 아래로 흐르기에 그저 주기만 하면 된다는 느낌으로 다가온다. 그러나 나는 매번 줄 게 없을까봐 불안하고 곳간(분유와 끓여 식힌 물과 알레르기를 테스트할 적정량의 이유식과 나의 체력과 멘탈 모두)이 비지 않도록 수시로 확인하며 남들은 얼마나 주는지, 어떻게 해야 곳간을 더 채워넣을 수 있을지 종종 고민하면서 걱정한다. 내가 부족하지는 않은가 주변과 비교하다가 그래도 이만하면 잘하고 있지 않느냐고 안도하려 애쓰느라 마음이 바쁘게 뛰어다닌다.

중력의 힘을 받아 자연스럽게 위에서 아래로 흐르는 듯한 내리사랑이라는 단어가, 그래서 버거웠나 보다. 내게 중력은 자연스레 주어진 힘이 아니었다. 나는 그저 매일 기도하는 마음으로 나를 가다듬을 뿐이다. 기꺼이 일상을 유지하겠다는 의지의 불꽃이 꺼지지 않도록 말이다. 그 강력한 다짐만이 사랑을 위에서 아래로 흐르게 한다. 여전히 나는 사사로운 고통에 연연하는 부모이기에 위태롭다. 그래도 이 고통을 기반으로 한 나의 다짐 덕분에 매일을 기꺼이 맞이하고 하루를 무사히 보내는 기쁨을 누린다. 오늘도 그 정도의 기꺼움으로 일상을 유지해본다.

나에게 보내는 편지

"내 아이를 보고 있노라면 우리는 만날 수밖에 없는 인연이라는 생각이 든다." 요즘 윤슬을 보면 어디선가 본 이 문장이 자주 떠오른다. 이 아이가 아니면 안 될 것만 같은 묘하지만 또렷한 기분. 이 아이여야만 한다는 분명한 확신. 가끔 꿈 속에서 지인의 아이와 내 아이가 뒤바뀐다거나 내게 둘째가 생기는 (말도 안 되는) 일이 벌어지는데, 잠에서 깨고 나면 "윤슬이 아니면 그 어떤 아기도 안돼!"라는 생각뿐이다. 이런 마음을 표현하면 가까운 이들은 종종 이렇게 묻곤 한다. "그래서 엄마 되길 잘한 것 같아?" "넌 원래 아이를 원했던 사람 같지 않아?" "아이 낳길 잘한 것 같지?"

사실 내가 내 친구여도 내게 비슷한 질문을 할 것 같다. 그럼에도 저런 질문들을 들으면 가슴이 턱턱 막힌다. 그거랑 이거는 많이 다른 건데…… 깊은 곳에서 항변하고 싶은 마음이 올라온다. 아이를 사랑하지 못할 것 같아서, 아이를 잘 키우지 못할 것 같아서 아이를 낳지 않겠다고 한 게 아니었기 때문이다. 그래서 '거봐 잘 사랑하네! 아이와 잘 지내네!'는 '거봐'의 영역이 아니었다.

나는 아이를 낳으면 몹시도 사랑하리라는 걸 이미 잘 알고 있음에도 불구하고 낳지 않으려 했다. 아이를 키우면서 깎이고 소진되고 싶지 않았다. 굳이 그런 선택을 하지 않아도 충분히 풍요롭고 만족스러운 삶을 살 사람임을 잘 알았다. 요즘의 나는 몹시 고되다고 매일 느끼며 '거봐 그게 아니라 내가 맞았잖아'라는 생각을 꾹꾹 누르느라 많은 에너지를 쓴다. 내게 '거봐'의 영역은 이 부분이다.

그렇다 한들 숨이 막히고 항변하고 싶은 마음은 좀 과하다. 이는 아마도 여전히 내 마음속에 '아이를 낳지 않는 삶'을 원하던 방이 단단하기 때문인 모양이다. '아이를 낳으면 아이를 낳지 않는 삶을 상실한 것에 대한 애도가 필요하다'던 예전의 대화가 떠오른다. 그렇구나, 나는 아직 이 상실을 받아들이지 못했구나. 추상적인 상실일수록 어떤 의례가 필요하다는 생각에 편지를 써보기로 한다. 아이를 낳지 않는 삶을 살고 싶었던 나에게. 무슨 말을 해야 할까.

고단한 나를 볼 때면, '거봐, 내가 옳았잖아'라는 생각으로 한숨부터 나지. 네 마음 잘 알아. 내가 무리해서 지치지 않을까 염려되지? 나를 희생할 수밖에 없는 상황에서 내 삶 속 중요한 것들을 하나둘 포기하게 될까 걱정되지? 네가 나를 보호하고 싶어서 떠나지 못한다는 걸 알아, 그 마음이 고마워. 그럼에도 나를 한번 믿고 지켜봐주겠어? 난 종종

친구들을 늦게까지 만나기도 하고 공연을 보러 가기도 하고
네가 원하던 책들도 읽어. 무리해서 그러는 건 아니고 조금씩
에너지가 생기고 있거든. 내가 원하는 것들을 다시 조립해
삶을 채울 거고, 불확실함 속에서 새로운 '나 됨'을 발견하게
될 거야. 나는 네가 떠나길, 영영 사라지길 바라지 않아.
그저 난 너로부터 조금 더 자유로워지고 싶을 뿐이야.
네가 옆에서 잘 지켜봐줘.

내가 윤슬이와 보내는 행복한 시간을 제일 가까이서 지켜본 반려인은 저 비슷한 질문을 낌새조차 꺼내지 않는다. 오히려 점심이 지나면 "오늘은 괜찮냐" 묻고 하루를 마치면 "지치지 않았냐, 뭐 먹고 싶냐" 살핀다. 내게 쓴 편지에서 말했던 것처럼, 나 자신을 부단히 염려하고 걱정하지 않아도 괜찮을지도 모르겠다.

초능력자 부모

디즈니플러스 드라마 <무빙>을 재미있게 보고 있다. 일반인처럼 보이지만 특별한 초능력을 숨긴 가족들이 그들의 능력을 노리는 외부 위협에 맞서 싸우며 끝내 성장하는 이야기이다. 돈가스 집 사장 이미현은 과거 국정원에서 비밀요원으로 활동했던 자신의 정체를 숨긴 채 조용한 일상을 보내고 있다. 남산으로 돈가스를 먹으러 온 손님들은 모르지만 사장은 아주 멀리서 나는 소리를 듣고 상당히 멀리 있는 물체도 본다.

　비범한 초능력을 지녔음에도 그의 삶이 불안한 건 바로 아들 때문이다. 그는 하늘을 날 수 있는 김두식과 결혼하여 아이를 낳았고 여러 사건을 겪으며 어린아이를 혼자 키우게 된다. 그 아이는 아버지의 능력을 물려받아 자꾸만 하늘로 붕 뜨는데 시간과 장소를 가리지 않아 애를 먹는다. 아이의 미처 영글지 못한 능력이 외부에 노출되지 않도록 다 큰 아이를 포대기로 꽁꽁 싸매 등에 업고 다닌다. 그 아이의 무게가, 아니 현실이, 이미현에게 너무나도 무겁지만 그는 얼굴을 찡그리지 않는다. 극 후반부로 갈수록 이미현 역을 맡은 한효주 배우의 표정을 보고 있자니 내 마음에 서글픔이 몰려온다.

곧 추석이 다가오고 있었다. 아직은 어린아이를 데리고 지방에 내려가 명절을 쇠는 게 버거울 듯하여 시어머님께 전화로 양해를 구했다. 반려인 혼자라도 내려오길 바라고 계셨던 듯했다. 그럼에도 이해해주시며, 아이 보는 게 힘들어도 부모는 다 이겨내게 될 거라고 말씀하셨다. 비슷한 얘기를 아빠도 하신 적이 있다. 엄마가 되면 다 그런 거 해내게 되어 있다고. 그러게, 자식은 부모를 강하게 만든다지.

정확히 그 말처럼 <무빙>에서도 초능력자 부모들은 뒤로 갈수록 더욱 강해진다. 이미현은 적에게 총을 겨누며 말한다. "자식을 지키기 위해서는 언제든지 괴물이 될 수 있어." 자식을 지켜내려면 그는 더더욱 강해져야만 한다. 나는, 그 강해질 수밖에 없는 현실이 어쩐지 서글프다. 다른 옵션은 없다. 자유로운 선택지란 애초에 없다. 하늘을 날든지 투시를 하든지 다치지 않든지 어떤 능력이 있든지 간에 예측 가능한 사람이 된다. 가족을 지키는 선택만 하는 사람이 되며 이는 적에게 손쉽게 노출되는 약점이 된다. 사람들은 강해지는 것에 집중한다. 강해지는 건 좋은 것일 테지. 그러나 강해지고 싶지 않은 사람이 강해지지 않는 선택을 할 수 있는 삶 역시 좋은 것 아닐까? 나는 무거운 책임감을 덜고 산뜻하게 살고 싶었다.

강풀 작가는 갈수록 고된 상황에서도 흔들림 없는 강인함을 보이는 이미현 역으로 처음부터 한효주 배우를 염두에 두었다고 한다. 그래서 모 침대 광고처럼 흔들림 없는 이미현의 표정을 보면 부럽기도 하다가, 저런 표정이 나오기까지 혼자 삭였을 세월에 치가 떨리기도 한다. 단순한 삶, 지켜야 할 것이 명료한 삶은 좋은 것일 텐데, 이게 왜 내겐 슬픔으로 다가올까. 내가 누군가에게 줄 사랑의 그릇이 대단히 작은 사람이라 그런지도 모른다는 서글픈 대답부터 튀어나오지만, 얼마나 자발적으로 희생하고자 하는가로 사랑의 크기를 측정하지 말자고 다독여본다.

어젯밤 꿈에 나는 런던의 어느 모르는 젊은 여자 집으로 갔다. 손에 카메라가 들려 있던 것으로 보아 사진을 촬영할 목적이었던 듯했다. 생활감이라고는 전혀 없는, 집이라기보다는 스튜디오 같은 공간이었다. 1층에는 긴 테이블이 공간을 전부 차지하고 있었고 2층에는 집중하기 좋은 조명이 켜진 작업실과 작은 옷장만이 있었다. 와 이렇게도 살 수 있구나, 참고 삼아 몇 컷 찍고 나왔다. 아무래도 아이 용품에 둘러싸여 생활감 그득한 집에서 지내야 하는 지금의 나에겐 적절한 레퍼런스가 아니었을 텐데. 어쩌면 그런 공간을 그리워하는 마음에 꾼 꿈인지도 모르겠다.

그런 공간을 그리워하는 나는 철옹성 같은 나의 성을 허물어뜨려 이 삶을 택했다. 아무도 들어오지 못하는 고귀한 성이 아니라, 누군가 맘껏 밟고 낙서하고 그 흔적을 반기는 성 말이다. 부모님 말대로 자식은 부모를 강하게 만든다. 그러나 나에게 '강해짐'은 점점 무거워져가는 아이를 내 등으로 계속 업고 다니는 고단함을 의미하지 않는다. 자신이 원하는 게 어떤 모양인지 뚜렷하게 알고 있음에도 다른 선택지를 택한 게 나의 사랑이고 나의 강해짐이다. 변화한 상황 속에서 자신이 원하는 모양새를 끊임없이 변형해가며 포기하지 않고 새롭게 고안해내는 것 역시 나의 강해짐이다. 나는 이러한 형태의 강인함을 밑바탕으로 아이가 자신의 고유한 삶을 만들어내도록 힘껏 응원할 것이다. 내겐 우리 모두가, 각자의 모양 그대로 직조되듯 함께하는 게 중요하다. 더 어려운 길이지만, 그 어려운 목표를 택한 나를 스스로 기특해하는 날이 오리라고 믿기로 한다.

다시 그를 만난다면

현실에서 양육하는 이들에게 주어지는 언어는 지나치게 명료하고 단호하고 해맑고 건전하고 평가적이다. 이런 언어를 훨씬 더 복잡하고 구체적으로 만드는 것, 가치판단의 언어가 아니라 관찰과 숙고의 언어로 만드는 것이 이 책의 목표다.

김희진 〈에디터 노트〉, 김유담 외, 『돌봄과 작업 2』
(돌고래, 2023)

위 문장을 보자마자 그간 복잡하게 얽혀 있던 나의 마음이 명료한 언어로 읽혀 통쾌했다. 그렇다, 사람들이 내게 툭툭 던지는 당연한 말들은 지나치게 맑고 거침없으며 평가적이었기에 턱턱 내 속에 얹혀 소화불량을 일으켰고 체증이 심화되었다. 아이를 위한 말처럼 위장하지만 나를 나무라는 말이었고(엄마가 춥게 입혔네!), 나를 위한 말처럼 가장하지만 희생을 더 감수하지 않는다고 지적하는 말이었다(다른 엄마들도 다 해, 괜찮아!). 스쳐 지나가는 이가 도식적으로 읽어낼 수 있을 만큼 내 상황은 그렇게 단순하지 않았다.

163

통쾌함이 가시자 예전에 종결한 어느 상담이 떠올랐다. 상담을 요청한 그는 학교에서 훌륭하게 인정받는 선생님으로, 학부모들로부터 "선생님 자녀 분은 참 좋겠어요, 좋은 사람을 엄마로 두어서"라며 찬사를 받는 이였다. 그런 그가 자신의 아이에게만은 화를 참을 수가 없어 상담을 신청했다. 당시의 나는 돌봄을 담당하는 이가 경험하는 갈등, 여러 가지가 복작복작 뒤엉켜 들끓는 그 내적 갈등을 그가 경험한 만큼 미처 숙고하지 못했다. 그와 상담하며 내가 사용한 언어가 과연 충분히 알맞고 세심했는지 이제 와 돌아보지 않을 수 없었다.

그때는 미처 여기까지 생각하지 못했다. 업무에서 저만치 인정받던 이가 돌봄 영역에 발을 담그면서 얼마나 자신을 잃어갔을지. 너덜너덜해지는 자신의 존재감을 자각하며 얼마나 속상해 했을지. 애달프게 사랑하면서도 화기가 치솟고 품에 끼고 싶다가도 멀리 내치고 싶은 이 분열된 마음이 얼마나 버거웠을지. 이 모든 감정을 소화하지 못하여 아이에게 화를 내는 자기가 얼마나 마음에 들지 않았을지. 아무에게도 마음을 이해 받지 못한 채 자책하면서 얼마나 많은 죄책감으로 고통스러워 했을지. 도움이 필요하다고 판단하여 상담을 신청하고 이야기를 털어놓기까지 그가 얼마나 주저했을지.

그걸 미처 생각하지 못한 채로, 아이에게 느끼는 감정이 어린 시절의 내가 충분히 해소하지 못한 어떤 감정과 연관되어 있지는 않은지 전이감정을 탐색하도록 권유했다. 엄마가 자기 마음을 잘 돌보고 힘을 얻어야 아이와의 관계를 잘 돌볼 수 있다면서. 기본적으로 잘못된 방향은 아니라 판단되지만, 이미 지칠 대로 지쳐버린 이에게 가야 할 길부터 일러주기보다는 잠시 앉아 여독을 풀도록 시원한 물을 먼저 건넸더라면 좋지 않았을까. 아쉬웠다.

만약 다시 그를 만난다면, 당신의 마음이 이리도 고단한지 알아보지 못한 것을 먼저 사과하고 싶다. 그리고 진심으로 그를 위로하고 싶다. '자식을 사랑하는 마음이 작아서 내가 이러는 건가'라며 오랜 시간 위축되어왔을 당신의 어깨를 펴주면서 말이다. 사랑의 크기 때문이 아니라고, 눈을 똑바로 응시하며 말해주고 싶다. 자식을 키우는 과정에서 부모는 자신이 손에 쥔 것보다 더 크고 대단한 걸 내주어야 하는 과제에 부딪힐 수밖에 없는데 이게 얼마나 난처하고 고단한 일이냐고, 이는 당신만 겪는 것이 아니라 모든 부모가 자식을 사랑하는 과정에서 거쳐야 할 관문과 같다고, 항상 성실히 무언가를 수행해왔던 당신이 아이와의 관계에서 혼자 분투해오느라 그간 얼마나 고되고 외로웠겠느냐고, 충분히 위로하고 기를 세워주고 싶다.

그럼에도 우리의 아이들은 자기만의 방식대로 잘 자라날 거라고, 혼자서는 걷지도 못했던 아이가 이렇게나 잘 커서 자기 전에 당신을 찾아가 잘 자라는 인사를 하지 않느냐고, 이처럼 우리 앞에 놓인 시간들을 듬뿍 먹고 무럭무럭 잘 자라날 테니 당신은 힘을 빼도 괜찮다고 안심시켜주고 싶다. 그러니까 조금만 더 버텨보자고 말해주고 싶다.

그럼에도 대단히 무탈한 시기

나와 하루 차이로 출산한 J에게 물었다. "딸 하늘이에게 네가 지닌 가장 좋은 능력을 물려준다면 뭐가 좋을 것 같아?" J는 잠시 고민하다가 '긍정적으로 삶을 살아가는 태도'를 물려주고 싶다고 했다. 모르는 사람이 그런 대답을 했다면 그저 흔한 대답이라고 흘려들었을지도 모른다. 그러나 J의 20대부터 임신·출산·양육 과정까지 지켜본 사람으로서, 자신의 딸을 위한 완벽한 선택이 아닐 수 없다고 생각했다. 하늘이는 물 흐르듯 자연스러운 삶의 태도를 지닌 엄마로부터 좋은 영향을 마구 받으며 지내겠구나, 흐뭇한 마음이 들었다.

취미에 대해 이야기를 나누던 중 사진을 배워보고 싶지만 완성도 있게 해내야 한다는 생각에 붙들려서 도전하기가 어렵다고 말했다. 그러자 "언니, 그냥 해!"라며 J는 단칼에 고민을 해결한다. 찍고 난 사진 관리도 막막하다고 주저하니, 관리할 생각하지 말고 일단 이것저것 찍으라 한다. 그의 목소리로 뿜어져나오는 시원하고도 호기로운 대답을 들으면 괜스레 이것저것 염려하던 것들이 별 거 아닌 듯 느껴진다. 그러게, 왜 미리부터 이렇게 사소한 걸 걱정하는지 모르겠다. 하고 싶은 걸 일단 해보는 게 중요하다는 걸 알면서 말이다.

오늘도 평소처럼 육아는 나와 맞지 않고 이 돌봄노동으로부터 자유로워질 날은 대체 언제 오느냐고 한참 푸념을 늘어놓다가 집에 들어왔다. 그런데 J의 좋은 기운과 한동안 다듬어진 육아 체력 덕분일까. 침대에 누워 잠들기 전, 나는 그나마 살 만할 때 징징대는 사람이라는 사실이 떠올랐다.

하는 일이 대응하기 어려울 만치 고되면 나는 입을 다물고 전투 태세로 들어간다. 주변의 풍경이 아무리 아름다워도 눈에 하나도 담지 못한다. 그저 살아내는 데에만 온 신경을 곤두세우며 '제발 이게 꿈이길, 내일 아침에는 모두 없던 일이 되길' 하고 기도하며 잠들던 시기도 있지 않았던가. 요즘 나는 아무리 몸이 고되더라도 그렇게 무겁게 잠들지 않는다. '내일 윤슬이랑 더 재밌게 놀아야지'라는 옅은 기대감과 함께 잠든다.

내 몸이 편하고, 소중한 사람들이 무탈하고, 조금 더 잘 살기만을 바라는 시기가 사는 동안 쉽게 찾아오지 않는다는 사실도 떠오른다. 내가 잘 누려야 할, 대단히 무탈한 시기가 바로 지금인지도 모르겠다.

거문고 줄을 울리는 너

잠든 너를 빤히 지켜보다가 순간 짜란- 하고 내 심금이
울렸어. 가만 있어보자, 근데 '심금'이 무슨 뜻이지. 사전에
검색해보니, '외부의 자극에 따라 미묘하게 움직이는
마음'이라고 하네. 마음 심心과 거문고 금琴. 영어로는
'heartstrings'. 마음의 거문고, 마음의 줄이라니. 너무 어여쁜
단어더라. 너라는 자극에 따라 미묘하게 연주되는 내
마음이라니. 그래서 오늘 내 마음이 울렸구나.
내 심장의 거문고 줄을 울리는 윤슬이. 우리 윤슬이는
이렇게 심금을 울릴 만큼 어여쁜데, 그 거문고 줄 소리는
너무나도 아름다운데, 육아는 왜 이리 혹독할까, 대체 왜
이렇게 괴롭고 벅찬 걸까 생각했어. 그러다 아 이만한 걸
견뎌내라고 이런 어여쁨이 같이 따라왔다고 생각하니까,
그래서 이만치나 어여쁘구나 하니까, 납득이 갔어. 이런 걸
납득하게 하는 대단한 어여쁨이네.

생생하게 살아가게 하는 눈망울

오늘도 수유를 마치고 여느 날처럼 너를 품에 안은 채로
서로의 눈을 응시하다가 든 생각인데 말이야. 새롭고 신기한
것을 처음 본 사람처럼 수십 분 동안 나를 집중적으로
응시하는 네 눈망울이 뭐랄까, 경이롭더라. 내게 안겨 있는
이 꼬물거리는 존재가 디즈니 만화에 나오는 캐릭터가
아니라 나와 함께 살아가는 사람이란 게 아직까지도
익숙해지지가 않네.
오늘 삼촌이랑 밥을 먹다가 세월이 많이 흘러서도 젊은
시절이 가장 강렬하게 기억에 남는 이유는 그 시절을
생생하게 살아냈기 때문이라는 이야기를 나눴는데 말이야.
오늘 밤 윤슬이 내게 건네준 그 눈빛이야말로 오늘의 나를
생생하게 살아내게 해.

부재를 채우는 기억

> 우리는 그날그날 당기는 음식을 바로바로 만들어 먹었다. 만약 3주 동안 김치찌개 말고는 다른 음식이 생각나지 않으면, 딴 음식이 생각날 때까지 허구한 날 김치찌개만 만들어 먹었다. 우리는 철철이 제철 음식을 해 먹었고, 꼬박꼬박 명절 음식을 챙겨 먹었다. (…) 음식은 엄마가 사랑을 표현하는 방법이었다.
>
> 미셸 자우너, 『H마트에서 울다』(문학동네, 2022)

엄마는 이 책을 읽다가 친엄마 생각이 많이 나서 윤슬이 몰래 울었어. 어릴 때 엄마랑 뭘 먹었는지, 그걸 엄마가 어떻게 만들어줬는지, 그 맛이 어땠는지 샘물에 물 솟아나듯 기억이 퐁퐁 올라왔거든. 방학이 시작되면 우리는 같이 수영장에 갔다가 집앞에 있는 농협 마트에 들러 제철 식재료를 고르곤 했는데, 그 기억부터 생생히 떠오르더라. 과일과 채소는 동네 마트보다 농협이 제일로 신선하다면서

거기서 주로 장을 봤어. 근데 당시 엄마는 어렸으니까
신선도 따위 별로 안 궁금하잖아. 과자는 잘 보이지도 않고
각종 채소들만 즐비한 농협이 시시하다고 생각했지. 그런데
요즘 뜬금없게 엄마는 주문만 하면 당일 새벽에 배송해주는
시대에 살면서도 농협처럼 고집스럽게 찾아갈 공간이
있다면 어떨까 상상해보고는 해.
친엄마는 딸기를 끝물에 한 무더기 사다가 큰 솥에
백설탕을 부어 오랜 시간 펄펄 끓여 딸기잼을 만들고,
춘장 소스를 사다가 큼직하게 썬 감자와 양파와 고기에
기름을 넉넉하게 둘러 센 불로 볶아 짜장면을 만들고,
정육점에서 사온 얇은 고기에 간을 하고 계란과 빵가루를
덮어 냉동실에 차곡 쌓아뒀다 돈가스를 하나씩 튀겨주셨어.
특히 아빠가 잘 아는 집에서 신선한 오리고기를 사오면
고추장으로 빨갛게 양념해서는 온 거실 바닥에 신문지를
깔고 기름 튀겨가면서 구워 먹었어. 그 오리 주물럭 맛이
별미였지.
어렸을 때는 그냥 주는 대로 받아만 먹었는데, 지금에 와서야
매 끼니마다 그렇게 손이 많이 가는 음식을 먹고 내가
컸다는 사실을 깨닫게 되네. 반찬가게도 별로 없던 그 시기에

세 끼 밥과 간식까지 꼬박 챙겨 먹으면서 말이야. 그렇게 자기 손으로 처음부터 끝까지 지어낸 그 음식들이 친엄마의 삶의 심지와 맞닿아 있던 것 같기도 하고.

엄마는 친엄마가 돌아가시고 한참 시간이 흐른 후에 혼자 아르헨티나에 여행을 갔어. 처음 머문 숙소가 한인 민박이었는데 거기 주인장 할머니가 도착하자마자 밥을 차려주시더라. 공항에서부터 진땀 흘려가며 숙소에 도착한 터라 긴장이 풀린 상태로 첫 술을 뜨는데, 음식이 기가 막히게 입에 착 감기는 거야. 할머니, 혹시 고향이 어디세요? 물었더니 친엄마의 고향과 같더라. 아르헨티나에서 수급한 식재료임에도 나의 혀 끝 미뢰는 오랫동안 그리워하던 그 맛을 기억해냈어. 덕분에 든든하게 여행을 시작할 수 있었지.

그렇게 엄마는, 엄마의 엄마를, 그 음식의 맛으로 기억하고 있었어. 아주 오랜 시간이 흘렀음에도 이 몸은 정확하게 기억하고 있더라. 가끔은 어떤 음식이 지금 당장 먹고 싶다가도 이제는 그 맛을 구현해줄 사람이 없다는 게 기운이 빠져서 아무것도 먹고 싶지 않을 때가 있어. 그래도 괜찮아. 그저 그 그리움을 채우기 위해 떠오르는 선명한

기억이 있다는 것만으로도 큰 위로가 되거든. 엄마는,
엄마의 엄마의 부재를, 우리가 함께 나누었던 음식들로
채워가고 있었어.
윤슬이는 나중에 크고 나서 엄마와의 어떤 시간들을
떠올리게 될까? 너도 나처럼 우리가 함께 먹었던 음식들을
생각하게 될까? 내가 더 이상 네 곁에 없는 그 순간, 나의
자리를 무엇이 채우면 좋을까? 우리가 함께 보러 간 영화,
멀리 떠난 여행지, 집에서 나누던 대화, 또 어떤 게 있을까.
윤슬이 나의 부재를 감당할 수밖에 없는 그 시기가 왔을
때 네가 스스로를 위로할 수 있는 무언가를 떠올리면
좋겠는데. 그러려면 그만큼 너와 함께 다채로운 기억들을
많이 만들어놓아야만 할 것 같은데.
실은, 엄마가 나의 친엄마를 떠올리며 느끼는 것들을 이후에
윤슬이가 나를 떠올리면서 느끼게 될 거라고 생각하면 조금
두렵기도 해. 누군가에게 엄마라는 존재가 된다는 걸 내가
잘 감당해낼 수 있을지 의문이 들기도 하고 말이야.
그치만 미래에 가장 생생하게 기억될 무엇인가가 아직은
비어 있다는 게 두근두근하고 기대하는 마음이 더 커.
엄마는 윤슬이랑 같이 요가도 다니고 싶고, 돗자리 깔고

누워서 음악도 크게 듣고 싶고, 와인이랑 치즈 크래커도
같이 먹고 싶고, 강원도에 가 밤에 별자리도 구경하고
싶고, 머나먼 나라로 여행을 떠나 외국어에 둘러 싸인 채
지내보고도 싶어.
하고 싶은 게 그득그득해. 우리 그 빈 공간을 채울 기억들을
잔뜩 만들어보자고.

4부

어른의 말

피 튀기는 거 없이 서사에 공들인 드라마가 보고 싶어 영국 드라마 <더 크라운> 시리즈를 시작했는데 몰입감이 좋다. 치음에는 원치 않던 왕좌에 올라 정체성에 혼란을 겪는 엘리자베스 2세의 입장에 집중하면서 봤다. 여왕이라는 자리가 지니는 위엄은 한 개인이 지니는 인간적인 욕구를 뛰어넘어 모든 걸 압도해버린다. 기쁨, 불안, 의문, 분노 등 개인으로서 느끼는 감정은 모두 부정하고 오직 선조들이 따르고 이어온 관습만을 믿고 존중하라는 압박 속에서 그럼 자신은 어디에 있느냐고 그는 물었다.

나 역시 나는 어디에 있어야 하느냐 묻고 있었기에 그의 고민이 한층 더 와닿았다. 엄마라는 자리가 내게 요구하는 것과 나 자신이 옳다고 느끼는 것은 종종 충돌했고 어느 쪽을 따라야 할지 자주 고민했다. 다만 드라마 속 그는 매회 양장을 입고 고급스러운 식기로 오찬을 즐기며 나라의 중차대한 일을 고민한다. 반면 나의 업무는 사적이고 대수롭지 않은 집안일로 치부된다. 내가 감당하는 왕관은 그의 것과 무게도 결도 달랐다. 그런 한계 속에서 자연스레 다른 여러 인물들의 생애가 눈에 들어왔다.

시즌 2에는 여왕의 남편인 에든버러 공작의 에피소드가 나온다. 어린 나이에 기숙학교에 들어가 적응에 어려움을 겪던 그는 가장 좋아하는 누나에게 전화해 제발 이곳에서 꺼내달라 간곡하게 부탁한다. 그 요청에 응하고자 임신한 누나가 올랐던 비행기는 추락하여 함께 동행한 매형과 조카까지 모두 죽고, 누나가 그 비행기 속에서 출산해 어린아이의 시신마저 발견되었다는 얘기를 전해 듣는다. 비통한 마음에 겨우 장례식에 참석하나, 아버지는 그를 보자마자 쫓아낸다. "너 때문에 내가 가장 좋아하는 딸이 죽었다. 장례식에 있을 자격도 없다. 나가라."

필립 숙부는 그를 배웅하며 이렇게 말한다. "지금은 네 아버지가 야속하겠지만, 훗날 신이 허락하시면 너도 아빠가 될 거고 부모란 다 부족한 존재라 자식의 미움도 살 거다. 그때가 되면 자식에게 용서를 빈다는 의미를 알 거야." 누구의 편도 들지 않고 어느 마음도 부정하지 않으면서 시간의 긴 흐름과 서로를 어우를 가능성을 보여주는 말. 과연 삶을 먼저 살아낸 어른의 말이었다.

먼저 생을 살아낸 이는 자신보다 경험이 어린 자에게 현재를 견디는 법을 알려줄 수 있다. 우리 모두는 한계를 지닌 존재이기에 최선을 다함에도 불구하고 서로 생채기를 내고 빗나가기도 하지만, 시간이라는 긴 흐름 속에는 그 상처를 보듬고 화합할 가능성이 내재해 있다는 걸 미리 귀띔해줄 수 있다. 지금은 그 가능성이 말도 안 되는 소리처럼 들릴 수 있지만 실로 삶에서는 그런 일들이 종종 발생하기도 한다며 자기가 앞서 걸어온 길을 기반으로 희망을 그려줄 수 있다. 그러니 쉽게 체념하지 말라고, 마냥 고통스럽게 끝나지만은 않을 거라고, 오늘을 잘 견뎌보라고 말이다.

내게 필립 숙부 같은 말을 해줄 수 있는 이는 누구일까 생각해보다가, 누구를 찾을 필요 없이 바로 내가 해줄 수 있다는 사실이 떠올랐다. 내 안에는 어린 에든버러 공작처럼 경험이 미숙하고 늘 불안한 나도 있지만, 필립 숙부처럼 새로운 가능성을 믿고 쉽게 체념하지 않는 나도 있다. 막막한 순간 나 역시 삶을 긴 안목으로 볼 수 있길, 용서와 조화의 가능성을 잊지 않길, 이를 내 생애에 잘 소화하여 누군가에게 전해줄 수 있길 바라본다.

시판 이유식을 외치다

주말에 TV를 트니 MBC <전지적 참견 시점> 프로그램에 홍현희 씨의 아들 준범 군이 나왔다. 아이가 생기고 나니 다른 사람들은 어떻게 육아하는지 지켜보는 게 재미있기도 하고 일단 준범 군이 무척이나 귀여워 채널을 멈췄다. 홍현희 씨는 평소 책과 담을 쌓고 살아왔으나 아이에게는 좋은 걸 먹이고 싶다는 마음으로 이유식 책을 이만큼 쌓아놓고 공부하며 전부 만들어 먹인다고 했다. 패널들은 그런 홍현희 씨를 향해 "엄마는 대단하다" "정성스럽다"는 찬사를 아끼지 않았다. 그러자 나도 모르게 "와, 다 만들어 먹이고 싶다는 저 마음을 나는 돈 주고 사고 싶네!"라 외치고 말았다.

임신 때부터 "이유식은 시판"이라고 선언하며 다녔던 나 역시 당연히 아이에게는 좋은 걸 먹이고 싶다. 엄마인데 당연히 그렇지 않겠나. 그런데 이유식 책들을 보고 있자면 좀 충격적이다. 이것들이 한 아이를 먹이기 위해 해야만 하는 일이라니. 콩나물을 먹으려면, 콩나물의 노란 대가리를 각각 다 떼어내 하얀 줄기만 골라 이를 찐 뒤 갈아서 저울로 몇 그램씩 나누어 냉동실에 얼려둔다. 그랬다가 먹이기 하루 전날 냉장실에서 해동하고 먹이기 직전에 따뜻하게 중탕한다. 소고기, 닭고기, 청경채, 양배추, 단호박, 당근 등도 비슷한 공정을 거쳐 소분해 얼린다. 위생을 위해 이렇게 갈아 소분한 식재료는 하나씩 랩으로 싸두어야 하므로, 아기가 잘 때 자지도 쉬지도 않고 바쁘게 공장 돌리듯 작업해야 한다.

시판 이유식을 먹일 거지만 그래도 좀 대강은 알고서 먹여야겠다는 생각에 도서관에서 가장 많이 대여된다는 이유식 책을 빌려 훑어봤다. 직장을 다니느라 이유식 챙기는 게 어렵다는 엄마에게 저자는 주말에 만들어서 냉동실 가득 얼려놓고 해동해서 먹이라면서 '시판 이유식을 먹이지 않는 게 다행이지 않으냐'고 위로한다(이거이거, 2023년도 개정판 맞아?). 아이는 엄마가 자기 먹을 걸 만드는 모습을 지켜보며 정서적 안정감을 얻을 것이라고도 적혀 있었다. 이게 무슨 소리인가. 아이는 엄마가 자기 먹을 걸 만드는지 여부 따위는 알아차리지 못한다. 그저 나랑 안 놀아주고 저기서 뭔가 다른 것에 집중하고 있어 성이 날 뿐이다.

"저는 다 시판으로 사 먹여요. 영양도 좋고 저는 그 시간에 운동하고 밖에서 돈 벌고. 누이 좋고 매부 좋은 거 아닌가요?"라고 말하는 연예인은 왜 여태 나오지 않는가! 아이 입에 들어가는 음식을 외주 맡기는 엄마는 왜 미디어에 나오지 않는가! 처음 '햇반' 광고가 나갔을 때 반발이 엄청 컸다지. 밥솥이 다 해주는 밥을 왜 돈 주고 사서 먹냐고. 밥을 해본 사람이라면 안다. 쌀을 미리 씻고 불려 밥솥에 안치는 일, 남은 밥을 냉동실에 얼려 다시 덥히는 일, 밥솥을 해체하여 씻고 말린 후에 다시 조립하는 일은 밥솥이 아니라 사람이 한다는 것을. 엄마의 노동을 죄책감으로 누르며 당연시하지 않고 희망하는 자는 산뜻하게 외주화 하여 찬사 받는 세상은 당최 언제 올 것인가.

유아차를 끌며 알아차린 것

유아차를 끌고서 지하철을 타기 시작한 건 아이가 태어난 지 100일이 되기도 전부터였다. 처음에는 겁이 났다. 괜히 나갔다가 당황한 채로 누군가에게 폐를 끼칠 것만 같았다. 다른 사람들은 어떻게 하나 싶어 지하철에서 유아차를 본 기억을 떠올려봤다. 몇몇 외국인 관광객이 어린 아기를 태우고 이동하는 장면이 기억났다. 그것을 제외하고는 본 적이 없는 것 같았다. 공연한 짓 말고 가만히 있는 게 나을지 모른다는 생각이 들었다.

그러다 갑자기 내가 나의 이동권을 스스로 제약하고 있다는 생각에 미치자 어떤 투지가 생겼다. 이동권이라는 단어가 나를 자극했다. 나가고 말고 여부를 선택하는 건 오롯이 나의 권리인데! 나는 나가는 걸 택하겠다! 내가 유아차를 끌고 보호자로서 역할에 최선을 다함에도 불구하고 누군가에게 피해가 발생한다면 그건 제도가 개선되어야 할 일이었다. 한두 번이 어렵지 세 번째부터는 자신감이 붙었다. 좋아, 못 갈 곳은 없어.

그렇게 유아차를 끌고 밖으로 다니며 경험한 세상은 나에게 새로운 감각을 부여했다. 유아차를 끌고 단 5분만 걸어도 새로

수리한 보도블록과 그렇지 않은 보도블록의 차이가 확연하게 느껴진다. 피로감이 다른 것이다. 두 발로 자유로이 걸어 다닐 때에는 미처 몰랐던 사실이다. 이제는 어디를 가나 입구에 턱이 있는지, 수유실이 구비되어 있는지, 유아차가 지나가기에 적당한 너비의 공간이 있는지, 엘리베이터가 고장 나거나 수리 중인 경우 대안이 있는지, 유아차와 함께 들어갈 화장실 칸이 있는지부터 살핀다.

이중 하나만 막혀도 그곳은 갈 수 없는 곳이 된다. 왜 주말마다 스타필드 등 대형 쇼핑몰, 백화점, 아울렛에 가족들이 몰리는지 알게 되었다. 이 모든 게 구비되어 있어야 유아차를 끄는 내가 환대 받는 느낌이 든다. 하여, 가고 싶지만 갈 수 없는 곳들은 마음속에 저장해놓는다. 나중에 아이를 반려인이 볼 때 친구들과 자유롭게 갈 곳으로, 혹은 아이가 걷기 시작하면 함께 방문할 곳으로 미뤄둔다. 하여, 나는 마음 한편이 서럽고 시큰하다. 영영 이 공간에서 환대 받지 못할 그 누군가들이 떠올라서다.

어제 본 뉴스◇에서 휠체어를 이용하는 장애인들은 집에 있는 화장실에도 들어갈 수 없어 돈 들여 수리해야 한다고 했다. 비장애인 기준으로 만들어진 집이기에, 그들은 돌봐주는 사람이 있을 때에만 화장실을 이용할 수 있으며 참는 게 일상이라고 했다. 화장실을 참는 일상이라. 나와 내 아이가 이 세상이 분류한

◇ KBS 뉴스, <"화장실도 못 가요"… 휠체어 안 들어가는 집 화장실>, 2023.10.22.

'비장애' 측에 속하는 운을 얻지 않았더라면, 나는 얼마나 더 많은 감각을 발달시켜야 했을까. 유아차를 끄는 그 짧은 시간에도 수많은 것들을 살피고 감내하고 용기를 내야 했기에 마음이 많이 쓰렸다. 이 감각을 잘 기억했다가 나중에 상담소를 차린다면 모두를 환대하는 공간으로 만들겠다는 작은 다짐으로도 이 쓰림이 잘 달래지지 않았다.

안전한 감정지대 그 너머로

"가장 슬펐던 때가 언제인가요?"
언젠가 받았던 질문에 나는 기계적으로 답했다.
"아이가 장애 진단을 받았을 때요."
내가 장애아를 키우는 엄마임을 아는 사람이면, 아마 누구나
예상한 답변이었을 것이다.
나는 이제 그 답변을 고쳐 쓰고 싶다. (…)
"나 자신을 잃었을 때요."
부모가 된다는 것은 나 자신을 더욱 사랑하는 사람이 되어야
한다는 의미다. 어떠한 경우에도 나 자신을 잃으면 그 누구도
사랑할 수 없다. 내 속으로 낳은 자식일지라도. 진정한 모성은
나를 던지는 것이 아니라 <u>나를 지키고 사랑하는 것이다.</u>

이수현, 〈어떤 순간에도, 나를 지키고 사랑할 것〉
김유담 외, 『돌봄과 작업 2』

2022년 10·29 참사가 발생했을 때 나는 상담자이자 임신부
였다. 아침에 일어나 뉴스를 확인하기 전부터 상당한 재난이 발
생했음을 직감적으로 알 수 있었다. 기존 '상담자 모드'의 나는
사건과 관련한 자세한 정보를 즉각적으로 파악한 후 한국상담

심리학회로부터 나온 재난 위기 가이드를 습득하며 현장에 도움이 될 수 있는 방법부터 모색한다. 상담자로서 산다는 것은 동시대에 발생한 모든 재난으로부터 자연스레 2차 외상_{다른 이의 외상 경험을 듣거나 목격한 간접적인 외상 경험}을 입는 일이기도 하다.

그러나 그날 아침에는 내 몸에 새로 장착된 '임신부 모드'가 알람을 울렸다. 본능적으로 2차 외상으로부터 나 자신을 보호해가며 정보를 습득했다. 영상과 사진은 제외하고 문자로 된 기사만 읽으며 지나치게 자세한 묘사는 넘겼다. 24시간 피해 장면을 재방송하는 뉴스를 욕하며(국민들을 단체로 2차 외상 입힐 셈인가) 상담자 계정의 SNS에 안전 가이드를 업로드 했다.

당시는 밤낮으로 끊임없이 소식이 업데이트되었고 특히 작은 스마트폰으로 현장 상황을 담은 영상을 본 사람이 많았다. 몸이 움직이지 않는 상태에서 좁은 시야에 몰두하게 되면 그 내용이 마치 나의 경험인 양 영향을 미칠 수 있다. 그러므로 영상의 내용이 침습적으로 떠오르고 신체적으로 명백한 불편감을 느끼며 일상생활에 크고 작은 어려움을 겪게 되는 경우에는 의식적으로 뉴스 혹은 영상으로부터 거리를 두며 전문가의 도움을 적극적으로 받는 것이 좋다.◇

그 사건 이후부터 지금까지 나에게는 자주 비슷한 종류의 알람이 울렸고 본능적으로 나부터 보호했다. 신생아실, 어린이집 등에서 발생한 사건 사고 포스팅을 수도 없이 공유 받았으나 단

◇「한국상담심리학회 권고: 심리재난상황에서 마음건강 유지를 위한 대처요령」.

한 번도 그 내용을 살펴본 적은 없었다. '이 사실을 내가 알게 된들 불안해지는 거 말고 더 나아지는 게 있어?' 하는 마음으로 외면했다. 내가 안도할 수 있는 지대에만 머무르며 안전하다고 느끼는 정보만 선별적으로 습득했다. 상담사가 되고부터는 스스로에게 한 번도 허락하지 않던 일이었다. 상담자라면 응당 윤리의식에 의거하여 모든 것들에 나를 노출할 준비가 되어 있어야 한다고, 의식적으로 또 무의식적으로 다짐했었다.

변하겠다는 의지는 없었다. 그저 『돌봄과 작업 2』 책을 보던 중에 교사 이수현 씨의 글을 읽었을 뿐이었다. 그의 이야기는 수 개월 쌓아온 나의 단단한 방어막을 와라락 무너뜨렸다. 어떤 아이든 최선을 다해 키우겠다는 다짐으로 만난 첫째가 40개월이 될 무렵 자폐를 진단받고, 차례로 둘째도 발달에 어려움이 있는 아이라는 걸 알게 되고, 두 아이를 돌보는 사람으로서 다시는 복직할 수 없다고 생각하며 자신을 잃어가다가, 자식을 더 사랑하고 자신을 회복하기 위해 용기를 내어 복직을 결심하고, 그간의 세월을 자원 삼아 학교에서 아이들과 더 나은 세상을 만드는 일을 하면서, 그렇게 아이가 짓는 미소를 자기 얼굴에서 발견하게 된 그의 글 앞에서, 그가 느껴온 그 시간들이 와닿아 어찌할 바를 모르는 채 엉엉 울었다.

자신을 지키고 사랑하는, 굳센 힘을 발휘할 기회는 아무에게나 찾아오지 않는다. 그는 그 힘으로 아이를 더 큰 사랑으로 맞이했고 이 세상이 자신의 아이를 환대하도록 만들어가고 있었다. 진정으로 아이를 보호하고 아이에게 더 나은 세상을 만들어주기 위해서는 이 세상을 왜곡하지 않고 온전히 볼 수 있는 어른이 되어야 한다. 더 이상 안전한 감정지대에만 머물러서는 안 된다고 느꼈다. 더는 작동할 필요가 없는 임신부의 알람 기능을 곧바로 삭제했다.

어머니 된 자로서 나는 어떤 자질을 갖춰야 하는가. 내가 확신하는 단 하나의 감각은 이 아이를 지켜내야 한다는 강렬한 본능이다. 야생동물 다큐멘터리에 나오는, 어린 펭귄을 노리는 독수리들이 사방팔방에서 득시글거리는 상황의 위기감이 종종 어미 된 자에게 찾아온다. 이 위기감은 새끼는 안전한 곳으로 피신시키고 맹수 앞에 나를 던지게끔 만든다. 그렇게 어미는 맹수 앞에 자신을 던질 용기를 지니는 한편 자신을 더욱 사랑하고 지키려 하는 이가 되어야 한다. 내가 온전하게 보존되어야만 자식 옆에 살아 숨쉬는 부모가 되어줄 수 있기 때문이다.

나의 심적·신체적 안정이 뱃속 아이의 발달과 정서에 직접적인 영향을 미치던 기간에 나는 두 사람을 보호할 가림막을 만들었다. 재난이 발생하던 당시에도 그 가림막 뒤에 숨어 세상의 안전한 부분에만 선별적으로 나를 노출했다. 그러나 이제 그 가림막은 효용을 다했다. 내가 지키고자 하는 것을 오롯이 보살피기 위해서는 모든 것에 나를 노출해야 한다. 2차 외상, 아니 외상 그 자체에 내가 노출되어 타격을 입더라도 아이에게 더 나은 세상을 만들어주기 위해서라면 주저할 일이 아니다. 그렇게 모든 것 앞에 나를 손상시킬 준비가 되어 있으면서도 나는 나를 끝까지 살아 있게 만들어야 한다. 이 선택지밖에 없다.

'조졌다' 말하는 완전한 사람

상담을 같이 공부했던 석사 동기들을 만나면 내가 예상했던 것보다 더 깊은 데까지 나를 내보이고 돌아온다. 그들은 꾹꾹 눌러두느라 나조차 미처 파악하지 못했던 어떤 감정을 읽어준다. 그들은 내 삶에서 생생하게 살아 숨 쉬는 나의 상담자들이다. 같은 진로를 걸어가는 이들이 그런 관계마저 되어주니, 나는 얼마나 복받은 사람인지. 다만 집으로 돌아오는 길에 약간의 당혹스러움도 따라온다. 낯선 것을 마주할 때 나타나는 경계심 같은 건데, 날 것 그대로의 생경한 내 모습을 발견하는 탓인 것 같다.

　그래서 출산 후 처음으로 다 같이 만나는 자리에 앞서 나는 다짐했다. 오랜만에 보는 이들에게 내 삶이 고되다고 고삐 풀린 채 토로하지 말고, 좀 덜 불평하고 그들의 이야기를 귀기울여 듣겠다고 마음을 붙잡았다. 정말 어렵게 다 같이 모인 날이니 모두 이 자리를 통해 좋은 에너지를 충전해 갔으면 했다. 약속 장소에 도착하자 나를 마중하러 현관에 나온 L을 마주했다. 다짐한 게 무색하게도 그의 얼굴을 보자마자 울음이 터졌다. "희조야, 요즘 힘들지?"라는 말까지 들으니 터진 물꼬가 좀처럼 잡히지 않았다. 아니, 나 자신아, 이렇게까지 힘들었던 거니.

요즘 어떻게 지내고 있느냐는 질문에, 주저할 새도 없이 "어제도 자기 전에 내 인생 조졌다고 말하고 잠들었어"라고 대답해버렸다.

"조진 것까진 아니지."
"아냐. 조진 건 조진 거야."

'조졌다'는 게 내 인생이 망가졌다는 의미는 결코 아니고 매일의 고생길이 훤하다는 그저 '에구구구' 시름 같은 건데(아이를 데리고 소아과를 한 번이라도 다녀온 사람은 이게 무슨 말인지 잘 이해할 것이다) 그들의 염려와 달리 그냥 조졌다고 솔직하게 말하고 나니까 오히려 마음이 후련했다.

나는 내가 부모가 되고 싶어 하는 사람인가를 판단하는 오랜 기간 동안 나 자신을 깊이 의심했다. 아이가 없는 삶을 바란다고 무척이나 단단한 척 사람들에게 말해왔지만, 나 자신에게 문제가 있을지도 모른다는 내적인 눈초리가 끊임없이 나를 감시했다. 내가 원하는 삶이 무엇인지 잘 안다는 확신이 내게 있음을 단단하게 느끼면서도 그걸 그대로 두지 않고 계속 카펫 털듯 탈탈 털어대며 나 자신을 달달 볶았다. '대체 뭐가 문제여서 그러는 거야?' 하며 마음의 멍석을 계속 힘주어 털어내니 먼지가 날 수밖에.

자연적으로 발생해야 하는 생산성의 욕구가 올라오지 않는 건 내 삶에 어떤 결핍이 있어서, 혹은 내가 성숙하지 못한 사람이어서, 아니면 나의 이기심이 커서인지도 모른다는 불안이 일렁였다(이제는 '자연적'이란 것도 없고, 생산성의 욕구가 굳이 출산의 형태로 발산될 필요도 없다는 걸 알지만 당시에는 그랬다). 그 어수선한 나의 마음을 고요하게 바라보라며 상담 선생님이 책을 추천해주면, 전체 맥락은 뒤로 하고 한 문장만 집어내 이 책이 지금 나를 미성숙하다고 비난하는 것 아니냐 따지고 들었다. 그렇게 나를 방어하는 데 막대한 에너지를 소모했다. 그래서 아이를 원치 않던 당시의 내 선택은 어떤 결핍으로 인해 발생한 방어막이 아니라 온전히 나의 욕망에 기반한 것이었음을 받아들이는 데에 오랜 세월이 걸렸다.

그냥 싫은 거였다. 이 한 마디 말이면 끝났을 것을, 여자로서 엄마라는 정체성을 원하지 않을 리 없다는 어떤 압력 같은 게 있었다. 그 압력은 내가 엄마가 된 후에도 또 다른 형태로 변형되어 끈질기게 따라붙었다. 이를테면 임신 중에는 K팝을 듣지 말고 클래식 음악을 듣기를 권장하며(NCT 덕에 나는 임신 중에도 운동을 놓지 않았다), 태교로는 바느질이 좋으니 애착 인형 만드는 수업에 참여하기를 제안하며(태교와 바느질은 어떤 상관관계가 밝혀졌는가), 대체로 사뿐히 걸으며 몸에 좋은 걸 먹고 마음 편해지는 것만 보라는 이야기였다. 클래식을 틀어놓고 아이를 위한 옷을 바느질하면서 차 한잔하는 임산부의 모습, 이상적으로 보이는가.

이 책을 여기까지 읽은 독자라면 이미 알겠지만, 임신 중에 그런 평화가 찾아오는 순간은 극히 일부다. 사람들은 임신과 육아 중인 엄마들에게 성모 마리아 같은 평온함을 흉내 내도록 자연스럽게 요구하는데, 이게 얼마나 현실에 부합하지 않는 허상 같은 요구인지를 마침내 깨닫자 이상하게도 조금 웃겼다(죄송하지만, 조금 웃고 계십니다). 그냥 내키는 대로 느껴지는 대로 인정하고 말하기 시작했다. 그러자 냉수를 마신 듯 속이 후련했다.

여성인 자는 자라서 어련히 엄마가 될 거라는 암묵적인 압력, 임신한 자는 심신의 평온함을 유지해야 한다는 모종의 이상적인 그림, 엄마 된 자는 당연히 희생하고 헌신해야 한다는 평면적인 이해는 모두 동일한 선 위에 있다. 엄마가 되기를 바라지 않으면 어떤가, 임신하고도 노래를 들으며 신나게 춤을 추면 어떤가, 헌신해야 하는 내 삶이 좀 조진 것 같다고 말하면 어떤가. 나는 어차피 그렇게 말한 다음 날도 개운하게 일어나 하루 일과를 기꺼이 성실히 수행할 것이고, 그런 내 삶이 꽤나 마음에 들 것이다. 동기들에게 이런 느낌을 털어놓으며 오히려 지금 이 순간에 '조졌다'는 감각을 참지 않고 말할 수 있어서 다행이라고 덧붙였다.

헤어지기 전, 우리는 한 해를 살아내느라 수고한 서로에게 각자의 2023년을 상징하는 단어를 하나씩 선물하기로 했다. 그들의 올해는 '희생' '자기 돌봄' '낭만'이라는 단어로 대표되었고 이제는 내 차례였다. "희조야, 조졌다는 단어밖에 생각이 안나……" 잠시 동안의 침묵은 있었으나, 포기하지 않는 상담자

집단이었던 그들은 고르고 고른 끝에 내게 '사랑'이라는 단어를 선물해줬다. 조졌다고 말하면서도 그렇게 온전해 보이는 사람은 네가 처음이라고, 너만의 방식대로 더 큰 사랑을 하기 위해 지금 투쟁을 하고 있는 것 아니냐고, 우리 앞에서는 아가처럼 투정 부려도 괜찮으니 마음껏 응석을 부리라고 해줬다. 또 눈물이 터져나왔다. 그렇다. 나는 조졌다고 말하지만 그럴 수 있기에 온전한 사람이었다.

　그날 이후, 나는 명상을 할 때마다 나만의 만트라_{마음을 정화하는 기도 혹은 구절}로 '사랑을 위한 투쟁'을 되풀이한다. 사랑을 위한 투쟁을 계속해서 이어갈 수 있게 해주세요, 그러한 투쟁 끝에 더 큰 사랑을 품을 수 있는 이가 되도록 해주세요, 오늘의 이 다짐을 계속 이어갈 수 있게 해주세요. 올해의 단어로 선물 받은 '사랑'이 내년에도, 내후년에도 잘 자리 잡아 싹을 틔울 수 있도록 오늘도 나는 나의 만트라를 반복한다. 사랑을 위한 투쟁, 더 큰 사랑, 확장되는 사랑, 사랑을 위한 사랑. 그것이 내 삶이 되도록 해주세요.

너의 이름은

냉장고를 말하려 하는데 입으로는 건조기라는 말이 먼저 튀어 나온다. 아이에게 발라주려던 비판텐 *신생아 때부터 태열, 땀띠, 기저귀 발진 등 아무데나 사용할 수 있는 연고*은 하루 종일 찾아도 안 보이더니 자기 직전에 치약통에서 발견된다. 방금 연 그릇의 뚜껑이 없어 져서 한참을 찾다가 바로 내 앞에 있었음을 깨닫는다. 지인의 생 일을 미리 챙기는 편이었지만 까먹지 않고 연락이라도 하면 다 행인 지경이 되어 생일이 되지 않았더라도 생각이 나면 미리 선 물을 보내버린다.

임신과 출산으로 인해 인지능력이 떨어진 게 아니다. 이건 정 말로 머릿속에 해야 할 일들이 꽉 차고 멀티로 여러 과업들을 수행하다가 과부하가 일어나 발생한 오류들이다. '이건 반드시 샤워를 마치자마자 처리해야 해' 하고 떠오른 일들은 샤워 물줄 기 사이로 들려오는 아이의 울음소리에 곧바로 휘발된다. 매일 반복되는 돌봄 과업을 수행하는 데 더해 매주 변화하는 아이의 발달 단계에 맞춰 정보를 업데이트해야 한다. 정신적 에너지가 상당히 들 수밖에 없다.

이렇게나 신경 쓸 게 널린 와중에도 매일 고민했다. 모임에서 이름을 물어보고 싶은데 어떻게 얘기를 꺼내야 자연스러울까. 모임에 나가기 전이면 "앞으로 우리 서로의 이름을 부르는 게 어때요?" 하고 제안하는 나를 상상한다. 집에 올 때는 입도 못 떼고 그저 '윤슬 맘'으로만 불리고 돌아와 발걸음에 힘이 빠진다. 이게 그렇게 어려운 일도 아닌데 왜 말을 꺼내지 못하는가, 왜 우리는 서로를 서로의 이름으로 부르지 못하는가!

같은 동네에 거주하면서 비슷한 시기에 아이를 낳은 돌봄자들의 오픈 채팅방에 우연한 기회로 초대받았다. 그 채팅방에는 아이의 태명, 이름, 태어난 날, 성별을 내 이름 대신 기재하게 되어 있었다. 텍스트로 교류하며 지내다가 보건소 프로그램을 계기로 커피를 함께 마시고 얼굴을 익혔다. 그러다 R이 같이 식사하면 좋지 않겠느냐며 자신의 집으로 우리를 초대했고 R의 반려인은 우리를 위해 냉장고에 맥주를 채워놓았다. 원하는 만큼 드시고 가시라면서. 정말로 냉장고에는 맥주 캔이 종류별로 그득했다.

태어난 지 얼마 안 된 아가들 여럿을 집에 초대한다는 건 엄청난 체력과 약간의 용기가 필요한 일이다. 게다가 아직 우리는 서로의 이름도 모르는 사이이지 않나. 그럼에도 부디 이 공간에서 즐거이 머물다 가길 바라는 배려가 곳곳에서 느껴져, 약간은 낯을 가리던 내 마음의 경계가 풀리고 말았다. 자기 집 울타리를 기꺼이 개방한 R과 맥주 취향까지 존중해주는 R의 반려인. 우리는 그렇게 연이 이어져 서로의 집을 오가고 함께 식사를 하고 매일 안부를 묻는 사이가 되었다.

남들이 다 자는 이 새벽 시간에 나 말고 또 잠 못 이루는 이가 있다는 것, 그이가 잠들지 못한 이유가 나와 같아 우리는 같은 결의 한숨을 쉬고 있다는 것, 실시간으로 서로의 안부를 걱정할 수 있다는 것. 이는 정말이지 오늘의 고됨을 견디는 굉장한 힘이 된다. 나의 반려인이 '점심 잘 챙겨 먹으라'고 신경 써주는 것도 위로가 되지만, 내가 먹고 싶은 메뉴를 오늘 같이 먹어줄 이가 곁에 있다는 사실은 오늘의 나를 실제로 배불리 먹인다.

그래서 고유한 그들의 이름이 궁금했고 서로의 이름을 아는 사이가 되길 바랐다. 그런데 차마 용기가 나지 않던 나는 꼼수를 쓰기 시작했다. '아사히 슈퍼드라이' 맥주 재고가 있는 편의점을 알려주는 언니를 '재고 언니'라 부르고 빼갈고량주를 좋아한다는 언니를 '빼갈 언니'라고 칭하기 시작했다. 다른 이들은 또 어떤 특징이 있나 눈여겨보면서 어떻게든 '○○맘' 대신 그의 개별적인 특징을 별명처럼 부르려 했다. 다행히도 그즈음 R이 서로의 이름을 부르자고 제안했고 모두가 기다렸단 듯이 동의했다. 나의 불필요한 별명 짓기도 그만둘 수 있었다.

이들과의 모임 이름을 '맛도리 산타'로 정했다. 한동네에 사는 우리는 맛있는 지역 식당 정보를 공유하며 각자의 밥상을 풍요롭게 한다. 점심에 모여 같이 음식을 시켜 먹으면서 공동육아를 하거나 아이를 재운 뒤 가게에서 만나 늦도록 안부를 나눈다. 지방에 내려가면 유명하다는 초장을 사와서 나누기도 하고, 인터넷으로 유명한 떡볶이를 공동으로 구매하여 다같이 맛보기도 한다. 부모님이 만들어준 오디즙을 함께 마시고, 누군가 식사를 챙기기 어려운 상황이 되면 끼니를 거르지 않도록 집 앞에 무언가를 놓고 간다.

만난 세월이 이리도 짧은데도 왜 만나면 마치 오랫동안 봐온 사람 같은 친밀감이 느껴지나 했더니, 함께 만나 서로의 끼니를 챙기는 사이여서 그런가 싶다. 식구가 별거 있나, 끼니를 같이하는 사람 아닌가. 나는 아이 한 명을 낳았을 뿐인데 굉장한 식구들이 여럿 생겼다. 함께이기에 이 고독한 육아를 오롯이 해내면서도 홀로 되거나 의지할 곳 없는 쓸쓸함을 느끼지 않을 수 있었다. 나는 결코 외롭지 않았다. 아마도 나중에 이 시기를 돌아보면 함께 웃으면서 배를 채우는 우리 모습이 떠오를 것이다.

우리의 아가들이 건강하게 성장하여 독립하는 그날까지는 많은 세월이 걸리겠지만, 그 역시도 괜찮다. 왜냐하면 나의 산타들과 도장 깨기 하듯 도전할 동네 '맛도리'들 역시 그만큼이나 많으니까. 우리는 이 세월을 즐겁게 보낼 예정이다.

좋은지 나쁜지 누가 아는가

내 안에 있는 굉장히 유능하고도 다정한 돌봄자가 자신의 역할을 수월하게 수행해내는 날이 있다. 그런 날에는 아이가 아무리 칭얼거리고 짜증을 내도 이런 표정까지 지을 줄 아는 아이가 그저 사랑스럽다. 몸의 피로와는 별개로 아이가 무엇을 원하는지를 알아차리기 위해 신경을 곤두세우고 그에 즉각 반응한다. 애써서 해내려고 하는 게 아니라 단지 그 자리에 있을 뿐인데 손쉽게 그 상황에 대처한다. 그런 기특한 나 자신을 마주하는 순간이 종종 있다.

기꺼이 이 모든 걸 해내려 나를 쥐어짜지 않아도 이렇게나 원활하게 흘러갈 수 있다. 이 모드가 돌아가기만 하면 된다. 그렇기에 아이와 있는 순간마다 그 돌봄자께서 계속 이곳에 계시기를 바랄 뿐이다. 부디, 제발, 어디 가지 말아요. 하지만 이 돌봄자 모드의 체력 배터리는 잠시만 한눈을 팔면 방전된다. 아직 오전밖에 지나지 않았고 아이가 잠들려면 7시간이나 남았는데 그는 소리소문 없이 떠났다. 띠로리.

그의 빈자리는 삽시간에 오늘의 나를 더 지치게 만드는 생각들로 대체된다. '거봐, 역시 육아는 나랑 안 맞아.' '그러길래 왜 이런 선택을 했어.' '이렇게까지 힘들 줄 몰랐지.' '어디까지 나를 갈아넣어야 하는 거야.' 이런 생각들은 당연히 나를 더 우울하게 만든다. 육아를 엄마 혼자 책임지게 하는 사회에서 이 정도 우울한 감정이 드는 건 어쩔 수 없다고 생각하다가도, 개운한 기분으로 하루를 활기차게 보내지 않는 선택을 하는 내 자신이 답답해진다.

결국 도돌이표로 돌고 돌아 '엄마가 되어서 이렇게 힘든 게 아닌가' 하는 종착지에 다다른다. 이는 생산적이지도 않고, 하루를 견디는 데 도움도 안 되고, 계속 붙잡고 있다고 해서 또렷한 답을 낼 수 있는 것도 아니다. 대체 지금 와서 이런 생각을 한들 무얼 하나 하면서도 잠깐 방심하면 아이를 괜히 낳은 건지도 모른다는 기운 빠지는 생각이 머릿속을 가득 메운다. 매순간 감탄할 만치 아름다운 아이를 무척이나 사랑하는데도 이런 생각이 드는 걸 나 자신도 이해할 수 없다.

그렇게 다정한 돌봄자를 대신하여 온갖 생각들이 머리를 채운 그날 아침, 식탁에는 반려인이 회사 동료로부터 선물받은 책이 놓여 있었다. 류시화 시인이 쓴 『좋은지 나쁜지 누가 아는가』더숲, 2019였다. 책을 펼치자, "고요한 어느 때 울림을 줄 수 있는 글귀를 찾길 바라며……"라는 메모가 적혀 있다. 책을 들고 아이 곁에 앉아 다음의 문장을 낭독했다. "상처가 되는 경험은 우연한 사고가 아니다. 자기 존재의 방향을 찾기 위해, 즉 삶을 진지하게 살기 위해 당신이 인내심을 갖고 기다려 온 기회이다. 만약 그 사건이 일어나지 않았다면 당신은 그것과 비슷한 또 다른 경험을 찾아 나섰을 것이다."

잠시 멈춰 그 문장을 다시 곱씹어봤다. 지금의 감정은 내가 삶을 진지하게 살기 위해 인내심을 갖고 기다려온 기회일까. 아이를 키우는 기회가 내게 찾아오지 않았다면 지금과 같은 소진감과 불행감과 후회하는 마음을 평생 느끼지 않고 살았을까. 그저 편안하고 안전한 삶만을 살았을까. 직업이 상담사인데, 게다가 그걸 정말로 잘해내는 사람이 되고 싶다면서, 과연 그럴 수 있었을까. 삶의 어느 시점이든 내 안의 유능한 돌봄자를 경험하며 미약한 그의 체력을 보완해야만 했을 것이라는 사실이 분명하게 이해되었다.

몇 년 전에 이미 읽었음에도 다시 이 책을 읽을 기회가 우연히 찾아왔다는 것은 내 삶이 좋은지 나쁜지를 판단하는 게 큰 의미가 없으니 이제 그만 멈출 때가 되었기 때문은 아닐까. 예전에 절에 방문했을 때 스님이 차를 내주시며 내게 비슷한 말씀을 하셨던 기억이 떠올랐다. 사람들은 자기 삶에서 발생하는 일을 자연스럽게 좋고 나쁨으로 분류하는데, 이는 사건이 지니는 양면성을 파악하지 못한 채 한 부분에만 몰두해서 그런 거라고 말이다. 모든 일에는 좋고 나쁨이 함께 따라오기 때문에 과도하게 기뻐하거나 슬퍼할 아무런 이유가 없다고 하셨다. 큰 울림으로 와닿았던 그 말이 살아났다.

지금의 감정을 느낄 수밖에 없는 어떤 경험을 나는 삶의 어느 시점에서 어차피, 기어코, 기필코 하고 있을 것이었다. 어찌

되었든 오늘 나에게는 그저 넋 놓고 바라보기만 해도 좋은 아이가 곁에 있다. 그리고 포동포동한 아이의 볼에 내 볼을 마음껏 비비는 것에는 좋은 것만 있을 뿐, 나쁜 것이 있을 수 없다(스님은 틀렸다). 살이 넘쳐 흐르는 귀여운 아이의 볼을 양손으로 만질 수 있는 지금의 이 현실은 내게 엄청난 이득이었다.

이어서 나오는 다음의 문장들. "안전하게 살아가려고 마음먹은 순간 삶은 우리를 절벽으로 밀어뜨린다. 파도가 후려친다면, 그것은 새로운 삶을 살 때가 되었다는 메시지이다. 어떤 상실과 잃음도 괜히 온 게 아니다." 후려치는 파도는 좀 많이 아플 텐데, 그저 따뜻한 난로 앞에서 몸을 녹이고는 기약도 없이 끝없는 잠을 자면 좋을 텐데, 하는 생각부터 든다. 하지만 그렇게 후려치게 아파야만 하는 시기가 있다는 걸 받아들이기로 한다. 어제 만난 Y에게 내겐 아이를 낳지 않는 삶이 더 맞았다고 확신을 갖고 대답해버렸지만, 뒤늦게 그 대답을 고쳐본다. 나에게 더 맞는 삶이 무엇인지 누가 아는가, 이게 좋은지 나쁜지 누가 아는가.

희생하는 삶을 살고 싶다는 당신에게

아침에 일어나 침대 옆을 더듬어본다. 대체로 비어 있다. 그럼 휴대폰을 켜고 아이의 방에 설치한 홈 카메라 앱에 들어간다. 밤 사이에 홈캠이 파악한 아이의 움직임과 소리가 알림으로 와 있다. 밤사이 기록을 쭈욱 훑어보니 새벽 2시에 반려인이 투입되어 한 시간 반 즈음 진정시킨 뒤 퇴각했다가 새벽 5시에 또 깨어 우니까 아예 옆에 자리를 깔고 잔 듯했다.

조리원에서 나온 날부터 밤잠을 잘 자던 아이가 7개월 무렵부터 자주 깼다. 낮잠 패턴도 바꿔보고 소화가 덜 되어 그런가 싶어서 수유량도 조절해봤지만 크게 나아지는 게 없었다. 별다른 방도를 찾지 못한 채 이앓이인가 싶어(실제로 이가 나고 있었다) 그냥 받아들이기로 했다. 아이 방에 어른을 위한 베개와 이불을 준비해두었고 침실에서 가장 멀리 떨어진 아이 방에서 반려인이 잠드는 횟수는 점차 늘어갔다.

우리집에서 아이의 밤잠은 귀마개를 끼지 않은 이가 돌봤다. 나는 결혼을 하고부터 귀마개를 끼고 잠에 들었다. 귀 안에 귀마개가 단단히 자리 잡은 느낌에 익숙해지자, 혼자 있거나 고요한 장소에 있더라도 귀마개가 없으면 잠에 들지 못하게 되었다. 조리원에도 귀마개를 가지고 들어갔고 신생아인 아이와 함께 집에 돌아온 뒤에도 귀마개를 낀 채 잠에 들었다. 밤중 아이의 신호에 대응하는 건 자연스럽게 반려인이 되었고, 고된 일이었지만 한 번의 불평불만도 없이 성실하게 이를 수행했다.

아이가 태어난 지 6개월이 지나자 우리는 분리 수면을 하기로 했다. 서재에 있는 온갖 책들과 책상, 서랍을 모조리 침실로 옮겼고 빈 방에 아이 침대를 새로 구비하여 넣어두었다. 분리 수면을 시작한 당일, 나는 침실에서 한동안 사용하지 못했던 필로우 미스트를 베개와 이불과 온갖 군데에 뿌리며 향을 음미했다. 임신을 하고부터 마음껏 누리지 못했던 향을 마침내 되찾았다며 속으로 쾌재를 불렀다. 그런 나에게 반려인은 물었다.

> 반려인　근데 윤슬이가 자다가 깼는데 엄마 아빠가 없어서 울면 어떻게 해?
>
> 나　(진심으로 생각하지 않는 중) 그럼 뭐 엄마 아빠가 버리고 갔나 싶어 울겠지.
>
> 반려인　그럴까 봐 걱정돼.
>
> 나　그럼 난 여기서 잘 테니, 짝꿍은 윤슬이 옆에 가서 같이 자면 되겠다!
>
> 반려인　그럴까?

그렇게 되면 분리 수면의 의미가 없어진다며 일단 같이 잠들었지만, 귀마개 없이 잠드는 그는 아이 울음소리에 자주 깼다. 밤은 엄마 아빠도 자는 시간임을 알려주기 위해 반응하지 않는 연습을 해보자고도 했지만, 실제로 울음소리를 듣는 당사자에게는 쉽지 않은 일이다. 나를 포함해 남들이 모두 잠든 새벽, 홈캠에는 아이를 품에 안아 달래는 반려인의 동작이 자주 포착되었다. 다음 날 아침 나를 보고 넋두리를 할 법도 한데 그가 하는 말이라곤 "윤슬이 밤에 두 번 깼어"가 다였다.

　과거에 그는 내게 "희생하는 삶을 살고 싶다"고 여러 차례 말했다. 당시는 아이를 원하지 않는 나를 설득하기 위해 되지도 않는 소리를 하는 줄 알았다. 종교인도 아니고 대체 왜 희생하는 삶을 살고 싶다는 말인가. 그럼 나가서 봉사활동을 더 할 것이지 왜 나한테 아이를 낳자고 하는가. 결혼하고 5년 넘게 같이 살면서도 그 말을 제대로 곱씹어본 적은 없었다. 아이를 낳고 7개월이 흐르자 그의 말이 아득하게 이해되기 시작했다.

　아이의 어설픈 옹알이와 엉성한 몸짓에 웃음을 터뜨리는 걸 보고 있자면, 그가 지금 이 순간 얼마나 행복한지 느껴진다. 젊은 날 이 모든 고단함을 감내하더라도 삶에서 귀한 어떤 것을 발견하고 싶다는 그의 의지가 피부로 와닿았다. 희생하는 삶이 그저 달갑기만 하다는 이야기가 아니었다. 단순히 말 그대로 희생하는 삶을 살고 싶다는 게 아니라(예전엔 문자 그대로만 받아들였다), 자신을 기꺼이 희생하며 인생에서 소중한 무언가를 발견하고 싶다는 이야기였다. 이렇게나 값비싼 것은 그만큼 고생해야 찾을 수 있다는 걸 이제는 나도 안다.

아직까지 희생이라는 단어는 나에게는 지나치게 거룩하여 잘 와닿지 않는다. 그렇지만 희생하는 삶을 살고 싶다는 당신과 함께 그 생애를 견디다 보니, 그 희생은 '사랑'이라는 단어와 크게 다르지 않았다. 더 사랑하는 삶을 살고 싶다는 말로 바꾸어보자 한결 수월하게 실감되었고 내 안에도 이미 자리잡고 있던 자발적인 의지가 느껴졌다. 우리에게 웬만해서는 더 큰 사랑을 실천할 일이 잘 일어나지 않으니, 고생스럽겠지만 아이를 품으며 이를 함께 해보자는 초대로 여겨졌다.

연말 동안 아이를 동반하는 가족 모임을 연달아 여럿 잡아두었더니 반려인이 물었다. "그러면 희조가 혼자 쉴 시간이 부족할 것 같은데, 그날은 오전에 카페라도 다녀올래?" 그가 갑작스레 A형 독감에 걸리는 바람에 모든 약속을 취소해야 했지만, 그는 약속했던 대로 나만의 시간을 만들어주었다. 지금 이 글도 그가 자신이 한 말을 지켜주었기에 쓰이고 있다.

희생하는 삶을 살고 싶다는 당신에게, 고맙다는 말을 전하며 앞으로의 더 큰 희생 역시 기대하도록 하겠습니다. 우리 아무쪼록 행복합시다.

세상이라는 놀이터

엄마는 편지 쓰는 걸 좋아하지만 애정이 큰 사람에게 쓸
때는 오랫동안 고민하게 돼. 무슨 말로 시작해야 하나.
내 큰 애정을 표현할 수 있으면서도 상투적이지 않았으면
좋겠는데, 내 글은 그보다 항상 가볍거나 숭숭하더라.
그런데 A 이모가 너에게 써온 편지의 첫 줄은, 누가
베스트셀러 작가 아니랄까 봐 내 마음까지 울려버렸네.
"이 세상이 윤슬의 놀이터가 되기를 바라며."
덕분에 엄마도 세상이라는 무해한 놀이터에서 자유로이
탐색하며 맘껏 뛰어노는 윤슬이를 잠시 상상해봤어. 너를
무척이나 사랑하는데도 난 왜 이런 소망을 이제껏 품어보지
못했을까 곱씹어보기도 하면서 말이야. 그리고 이런 생각도
들었어. 숨막히게 지루할 수도 있는 이 생을 생생하게
살아가려면, 이 공간이 놀이터가 될 수 있도록 우리끼리
의미를 부여할 필요가 있겠다고.

그런 이유로 엄마는 A와 J 부부에게 너의 대모와 대부가

되어달라는 어려운 청을 했는지도 모르겠어. 대모와

대부라는 건 사실 아무런 법적인 의미나 효력을 지니지

않지. 그렇지만 내가 부모로서 이런 마음을 먹고, A와

J 부부에게 그 마음을 전하고, 그들이 다시 대모·대부로서

너를 만나는 이 모든 물결은 큰 파동으로 우리 삶에

되돌아올 거야.

엄마는 네가 이 세상을 놀이터로 여기면 좋겠다고

소망하면서도 그러기엔 네가 너무 연약하고 세상은

위험하지 않냐며 주저하고 있었어. 나의 귀한 아이를 저기

내보내도 될까? 마음껏 뛰다가 낡은 판자가 부서지는

바람에 다치면 어쩌나, 상처가 생겨 피가 흐르기라도 하면

어쩌지. 그런데 편지의 문구를 읽고 이를 곱씹어보니,

네가 연약해서가 아니라 실은 내 연약함 때문에 세상을

두려워하고 있더라. 내가 예전에 멋모르고 놀다가 다쳐서

아팠던 기억 때문에 너도 아플 거라고 짐작해버린 거야.

이런 나의 약점을 알기에 A와 J에게 부탁했어. 내 작은

경험으로 이 세상을 판단하여 너에게 보여주려 할 때

부디 두 사람이 다른 언어를 알려달라고, 나의 나약함이

네 세계를 제한하지 않도록 옆에서 지켜보며 도와달라고.

그래서인지 오늘의 편지에 담긴 A의 언어가 몹시도 마음에

들어. 너에게 세상이 놀이터가 되지 못할 이유가 무어람!

대모·대부의 도움을 받아 너에게 보여주게 될 세상은 아마도

굉장해지고야 말 거라고 확신해.

오늘 두 사람과 엄마는 커피를 마시며 사람들은 이렇게

힘든데 왜 아이를 자발적으로 가지려 하는가, 그 동기와

소망은 어디에서 기원하는가, 이런 이야기를 나누었는데

말이야. 아이를 보면 귀여워 견딜 수 없어지는 우리 뇌의

화학적인 반응, 자신의 유전자를 남기고 싶은 진화적이거나

실존적인 본능 등 그 나름의 이유가 있겠다는, 뭐 정답은

없지만 각자가 지닌 의견을 되새겨봤어. 그런데 말이야.

그 이유가 무엇이든 간에, 이 모든 감정과 본능을 기반으로

우리들은 너에게 더 좋은 삶을 선물하겠다고 굳건히

다짐하게 되었어. 이 다짐을 함께 실천할 동지가 생겨

마음이 든든하네.

A 이모는 네게 쓴 편지를 이렇게 마무리했어. "이 세상이

더욱 다정하고 흥미롭고! 따스하고! 안전하며! 게다가

재미있는! 놀이터가 되기를 마음 다해 소망한다." 정말

어마어마한 소망이지 않니. 내가 욕심 많은 대모와 대부를 잘 골랐어. 벌써부터 내가 상상한 물결이 너에게 좋은 에너지로 다가가고 있는 것만 같아. 이 편지를 읽고 나서, 엄마 역시 이 세상을 그런 놀이터로 볼 수 있는 사람이 되어보겠다 다짐하게 되었거든. 세상이라는 놀이터에서 안심하고 네가 맘껏 뛰어놀 수 있게끔 우리 어른들이 애써볼게.

인생에서 꼭 해야 하는 과업

요즘 너를 데리고 밖으로 나가면 사람들은 마치 말을 거는
자유이용권이라도 받은 것처럼 우리에게 말을 건네 와.
손 시려 보인다, 햇빛 가려줘라, 애가 순하네, 아들인가?
모자는 답답하다, 더 꽁꽁 싸매라…… 아직 혼자 앉지
못하는 너에게 병아리콩을 만지게 하고 비누방울을
보여주느라 엄마의 도가니가 다 나가는 문화센터의 거친
일정을 마치고 올라오는데 한 아주머니가 네게서 눈을 떼지
못하고 우리 쪽으로 계속 따라오시더라. 네가 무척이나
해맑게 웃어버려서 인사치레를 할 수밖에 없었어. 그렇지
않았다면 엄마는 이어폰을 절대 빼지 않았을 거야.
아주머니는 지금이 제일 행복한데 알고 있느냐(이때부터 후회
시작), 요즘 왜 아이를 안 낳는지 모르겠다(이때부터는 할말이
많았지만), 나중에 나이 들면 무슨 재미로 사냐 하시더라. 아,
예, 또 다른 재미가 있겠지요, 최대한 나이스 하게 답하고

자리를 피하려고 하는데, 굳이 따라오시면서 인생이 그렇지 않다고 손주 보고 그렇게 사는 거라고 하시더라.

윤슬아, 앞으로 너한테 '이렇게 살아라, 이게 도리다' 하는 사람이 나타나면 그냥 흘려듣고 그 자리를 떠나렴. 그래도 괜찮아. 아무래도 엄마는 너랑 있다 보니 사람들 앞에서 성질대로 지내기가 어려워 가만히 있었던 거야. 진짜 만족해서 자기 삶을 사는 사람은 자기와 다른 선택을 하는 사람을 절대로 부정하지 않는 법이거든.

그런데 말이지. 손주 얘기가 나왔을 때 문득 너에게 아이가 생기면 좋을 것 같다는 생각이 짧게 스쳐 지나가긴 했어. 아이가 생기고 나서야 자신이 어떤 사랑을 받고 컸는지를 몸소 이해하게 되니까. 그건 직접 겪어야만 알 수 있더라고. 근데 그건 그거고, 엄마는 손주의 유무와 상관없이 옹골차고도 풍요로운 삶을 살 거야. 너도 인생의 어떤 과업과 무관하게 자유로운 삶을 살 수 있어. 꼭 그러길 바라.

얼마 전에 고등학교 친구로부터 결혼 축사를 부탁받아서 '현재 나는 어떤 마음으로 결혼을 바라보는가' 생각해볼 기회가 있었거든. 몇 년 전 H 이모 결혼의 축사 때는 긴긴 고심 끝에, '결혼이 과연 축하할 일인가'에 대한 의문을 담아 편지를 썼었는데 말이지(그럼에도 다행히 축하하며 마무리했다는 결론). 너를 낳고 나니 결혼을 대하는 마음이 조금은 달라지더라. 사랑하는 이 아이에게, 내가 없는 먼 미래를 떠올리면 나만큼이나 의지할 또 다른 누군가가 네 곁에 있기를, 네가 기대고 싶을 때면 언제든지 그가 어깨를 빌려주기를 간절히 바라게 돼. 한때는 결혼이라는 제도의 불완전성 때문에 비혼을 결심한 적도 있던 엄마가, 너를 낳고 나니 그 제도가 아무리 미비하다 할지라도 네가 안정감을 얻을 수만 있다면, 어쩌면 괜찮고 다행인 일이라고 여기게 되더라.

근데 이건 어디까지나 나의 소망일 뿐. 이 제도 안에서 네가 더 행복할지 아닐지는 아무도 몰라. 엄마는 결혼하고 나서 충분히 납득 가지 않는 과업들을 마주할 때마다 매번 분노하거든. 아주 피곤해. 결혼이나 출산, 이런 건 그렇게까지 중요하지 않아. 이런 것보다는 네가 타고난 성정 그 자체를 온전하게 받아줄 몇 사람을 네 삶에서 확보하는 거, 이게 훨씬 더 중요해. 그 사람들을 꼭 잡으렴. 그거야말로 어쩌면 가장 어려운 과제일지도 모르겠지만, 엄마가 곁에서 최대한 도와줄게.

상담자로서 저는 치료에 도움이 되지 않는다면 개인적인 감정이
나 경험을 상담 중에 표현하지 않습니다. 그렇게 해야 내담자가
내밀한 관계 상과 욕망을 안전하게 상담자에게 투사하며 치료
를 시작할 수 있으니까요. 그렇기에 몹시도 사적이고 때로는 괴
로운 감정을 토해내는 이 글을 세상에 내보이는 게 적절한지 오
랫동안 고민했습니다. 누군가는 저를 결혼하지 않은 비혼 여성
으로 동일시하기도 하고, 어떤 이는 온전한 돌봄자 역할을 수행
할 수 있는 사람으로 이상화하며 저에게 한 치도 흔들리지 않는
단단함을 기대하기도 하니까요.

　그간 선별해온 공적 자아와 충돌하는 부분이 많은 이 글이
내 손을 벗어나도 감당할 수 있을지, 또 솔직하게 쓴 이 이야기
가 과연 세상에 흘러갈 만한 의미를 지녔는지, 스스로 답을 찾
아야 했습니다.

　나는 내게 가장 중요한 것들을 말로 표현해 다른 사람들과
나누어야만 한다고 다시금 믿게 되었습니다. 설사 입 밖에 낸

말로 상처를 받거나 오해를 받을 위험이 있다 해도, 말하는 행위는 그 자체만으로 다른 어떤 결과보다 내게 도움이 된다는 것을요. (…) 이제껏 내가 가장 후회하는 부분이 바로 내가 침묵했던 순간들이었다는 점을 깨달았습니다. 대체 무엇이 그토록 두려웠던 걸까요?

오드리 로드, 『시스터 아웃사이더』
(박미선, 주해연 옮김, 후마니타스, 2018)

한 명의 여성이자 어머니인 '나'의 경험을 직접 묘사하는 이야기가 세상에 많을수록 도움이 되리라 생각했기에 용기를 내어 이 책을 집필했습니다. 임신과 출산, 육아를 겪으며 제 삶에 연달아 찾아온 여러 과제에 어떤 마음가짐으로 대응해야 하는지 확신하기 어려웠습니다. 그때 저보다 먼저 생을 살아낸 여성들의 기록을 읽기 시작했지요. 자신의 생을 본인만의 의미로 소화하고자 공들여 애써온 그들은 제 숨통을 트여줬습니다. 굳센 기운으로 써내려간 그들의 이야기들 덕분에 내 감정을 명료하게 이해하고 욕구를 소중하게 대하는 법을 터득하여 쉽게 무력해지지 않을 수 있었습니다.

그러므로 실천해야 할 가치가 있다고 마음속에 적어둔 위의 문장, 비록 상처받고 오해가 생기는 위험이 발생한다 해도 내게 중요한 것을 말로 표현해 다른 사람과 나누어야 한다는 그 말을 행동으로 옮겨야 할 때가 바로 지금이라고 생각했습니다. 부디 저의 솔직한 고백이 누군가가 이 길을 걸어갈 때, 혹은 이미 걸어갔던 길을 되돌아볼 때 자그마한 안도 혹은 위로가 될 수 있기를 바랄 뿐입니다.

> 침묵하는 것은 엄마와 아이들의 관계에도 대가를 치러야 한
> 다. 사회가 인정하지 않는다는 이유로 이야기하지 않을 경우
> 아이들이 배울 만한 엄마 인성의 본질적인 부분이 숨겨진 채
> 로 남아 있다. 결국 아이들은 엄마가 되는 것이 문화나 사회
> 적 기대의 부산물일 뿐 필연적이거나 타고나는 게 아님을 숙
> 고할 능력이 없어진다. 엄마 입장에서는 가족 구성원과의 다
> 양한 관계 형성을 차단하게 된다.

> 사회의 기대에 부응하는 이야기만으로 아이들을 보호하겠다
> 는 생각은 아이들에게 엄마도 여느 사람들처럼 되묻고, 생각
> 하고, 평가하고, 바라고, 욕구가 있고, 꿈꾸고, 기억하고, 슬
> 퍼하고, 환상을 가지고, 가치를 인정하고, 결정할 수 있는 사
> 람임을 알게 될 가능성을 없앤다.

오나 도나스, 『엄마됨을 후회함』(송소민 옮김, 반니, 2018)

엄마됨을 받아들인다는 것은 언제부터 가능할까요? 임신 테
스터로 아이가 뱃속에서 자리잡고 있다는 것을 확인할 때? 만
삭의 몸을 거쳐 세상에 아이를 등장시키는 순간에? 아니면 아
이라는 대상으로부터 엄마라는 호칭을 직접 듣게 될 때? 저에
게 엄마라는 정체성은 결승선을 통과하며 획득하는 것이기보다
리트머스 종이에 용액이 스며들며 색이 변하듯 오랜 기간 서서
히 물들면서 지니게 되는 것으로 다가옵니다. 병원에서 아이의
심장 소리를 들으며, 초음파로 아이의 얼굴을 확인하며, 따뜻한

체온을 지닌 아이를 품에 안으며, 서로의 눈을 맞춰 응시하는 그 시선을 거쳐 그 빛깔은 점차 강인해지지요.

엄마됨을 온전히 받아들인다고 해서 기존에 지니던 생각, 욕구, 환상, 가치, 결정 등이 사라지는 것은 아닙니다. 그것들은 그저 그 자리에 남아 있지요. 그런데 모두들 마치 그것이 원래부터 존재하지 않았다는 듯이 보이지 않는 척, 하나의 게임을 하고 있는 것만 같았습니다. 다양한 욕구를 지닌 엄마, 갖가지 부정적인 감정 역시 느끼는 엄마, 이를 밖으로 표현하는 엄마의 목소리를 억누르거나 없는 것으로 치는 흐름에 제동을 걸고 싶었습니다. 저의 작은 이 이야기가, 쌓이고 쌓이다 나뭇가지를 부러뜨리는 눈송이 하나가 되길 바랍니다.

우리에게 적대적인 세상에서 성장하는 여성은 자신을 사랑하는 방법을 배우기 위해 매우 심오한 사랑을 필요로 한다. 이 사랑은 단지 남성들이 요구하는, 오래되고 제도화된, 희생적인 '어머니의 사랑'이 아니다. 우리에게는 용기 있는 어머니의 보살핌이 필요하다.

한 여성이 다른 여성에게 해줄 수 있는 가장 중요한 일은 실제적인 가능성에 대한 인식을 분명하게 하고 확장시켜주는 일이다. 어머니에게 있어서 이 일은 어린아이의 동화, 영화, TV, 그리고 학교에서 보여주는, 여성을 위축시키는 이미지와 싸우는 것 이상을 의미한다. 이것은 어머니가 자기 삶의 한계를 확대시키려 노력한다는 것을 의미한다.

에이드리언 리치, 『더이상 어머니는 없다』(김인성 옮김, 평민사, 2018)

거창한 대외적인 명분을 이야기했지만, 사실 이 글은 몹시 개인적인 동기로 시작되었습니다. 제 글이 책으로 나와 단 한 명의 독자에게 읽힌다면 그는 나의 아이가 되리라고 상상하며 써나갔습니다. 성장하여 글을 읽을 줄 알고 행간의 의미도 잘 곱씹게 된 어느 날의 아이가 이 글을 읽고 제 엄마를 조금 더 이해할 수 있기를 바라는 마음, 그리고 혹시라도 내가 아이에게 삶을 살아내는 것의 의미를 전할 수 없는 순간이 왔을 때 이 책이 나를 대신하여 아이를 지켜주기를 바라는 소망을 담았습니다.

준비가 되지 않은 채로 나의 엄마를 떠나보내고는 '나'를 구성하는 퍼즐 조각 중 일부를 잃어버린 듯했습니다. 나라는 그림의 완성체를 영영 맞출 수 없을 것 같았지요. 나에 대해, 엄마가 된 당신에 대해, 엄마가 되기 전의 당신에 대해 묻는 절박한 질문에 대답할 이가 없으니까요. 그리하여 대단히 늦었지만 이제라도, 뒤늦게 홀로, 내가 나의 엄마를 바라보던 렌즈부터 점검해보았습니다.

그가 태어나 성장한 시대적 배경을 이해하고 어린 시절에 주변으로부터 들었을 기대와 한계를 살펴보았습니다. 그러자 내가 나의 어머니로부터 받았던 자양분들이 또렷하게 보였고, 그와 동시에 홀로 고군분투했던 부분들도 그럴 수밖에 없었다고 이해하게 되었습니다. 서로의 최선으로 이어져온 역사가 보였고 나의 어머니가 자신이 손에 쥔 것 이상을 내게 주고자 했던 용기 있는 사람이었다는 점을 감사히 받아들이게 되었습니다. 아울러 그가 살아가는 동안 지금 나에게 주어진 것들을 충분히 누릴 수 있었더라면 우리에게 얼마나 더 많은 가능성이 펼쳐졌을까, 깊은 아쉬움이 담긴 새로운 그림도 그려볼 수 있었지요.

이제는 어머니를 뒤로한 채 오늘의 나를 바라봅니다. 그렇다면 나는 어떤 어머니가 되어야 할까요. 어머니 된 자로서 딸을 위해 제가 할 수 있는 최선은 무엇일까요. 좋은 부모가 되려면 이런 것을 행하라는 현실적인 이야기들과 잠시 거리를 유지한 채 생각해봅니다. 진정 내 아이를 위해서는 그 아이의 삶을 어찌하는 것이 아니라 궁극적으로 내 삶의 한계를 확대하려 노력해야 한다는 가장 어려운 대답이 떠오릅니다. 이제까지 내 삶도 어찌하지 못한 채 살아왔지만, 나의 아이를 위해서 다정함, 화합, 하모니, 통합을 잊지 않고 '사랑을 위한 투쟁'을 계속 해보겠다는, 어려운 결심을 또 한번 마음에 새겨봅니다.

사람들이 웃고 나도 웃는다. 그런 질문을 삼가는 시대이기 때문이다. 나는 할머니한테 장난스레 여쭤본다. "제가 어떻게 하면 좋으시겠어요?" 할머니는 설레는 목소리로 대답한다. "작가님이 꼭 결혼하면 좋겠어요. 애도 낳고요. 그럼 또 얼마나 삶이 달라지겠어요? 그럼 또 얼마나 이야기가 생겨나겠어요? 나는요. 계속 달라지는 작가님의 이야기를 오래오래 듣고 싶어요."

사람들은 여전히 웃고 있지만 나는 눈시울이 벌게져버린다. 절벽 같은 세상에서 결혼을 하고 엄마가 된다는 게 얼마나 덜컹이는 일인지를 곱씹으면서도, 누가 내 얘기를 그렇게 오래

오래 듣고 싶어 한다는 게 너무 고마워서.

이슬아, 『끝내주는 인생』(디플롯, 2023)

주저앉고 싶은 순간은 앞으로도 바닷가의 파도처럼 끊임없이 찾아오겠지요. 삶에 왜 고통이 존재하는가 아무리 의문을 제기해본들 생이란 원래 그런 것이니까요. 그렇다 하더라도 부서지지 않는 나를 기억하면 되고 더 멀리 가도록 응원하는 힘이 내게 있음을 되새기면 됩니다. 그렇게 저는 조금씩 엄마됨을 끌어안더라도 나 자신이 피괴되지 않는다는 것을 경험하며 나의 아이를 환대하는 방법을 알아가는 중입니다. 나의 아름다운 성에 초대된 자그마한 파괴자와 즐겁게 살아가면서 말입니다.

누가 내 얘기를 그렇게 오래오래 듣고 싶어 한다는 건 얼마나 감사한 일인가요. 제 이야기를 읽어주셔서, 이 여정에 함께해주셔서, 정말로 고맙습니다.

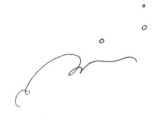

나의 아름다운 성에 초대된 자그마한 파괴자

1판 1쇄 찍음 2025년 1월 3일
1판 1쇄 펴냄 2025년 1월 20일

지은이   양희조
일러스트   신은지(썬샤인로그)
책임편집   김정희
디자인   스튜디오 실버라이닝
제작   357제작소
물류   북스테이

펴낸이   윤여준
펴낸곳   쥬쥬베북스
등록   2022-000223호(2022년 2월 17일)
주소   서울 마포구 신촌로2길 19 320호
전자우편   studiojujube.seoul@gmail.com

책에 쓰인 종이
표지 인스퍼 에그쉘 233g
내지 한국 마카롱 백색 80g

가격 19,800원
ISBN 979-11-93344-06-4(03800)

쥬쥬베북스는 스튜디오 쥬쥬베의 출판 브랜드입니다.
헛꽃이 없는 대추처럼, 세상에 꼭 필요한 이야기를 담아 옹골찬 책을 만듭니다.

인쇄, 제작, 유통 과정에서의 파본 도서는 구입처에서 교환해 드립니다.